東 秀紀
Azuma Hideki

筑摩選書

アガサ・クリスティーの大英帝国

名作ミステリと「観光」の時代

アガサ・クリスティーの大英帝国――名作ミステリと「観光」の時代　目次

アガサ・クリスティーの大英帝国　目次

アガサ・クリスティーの大英帝国

名作ミステリと「観光」の時代

第一章

ミステリと観光

1・1　はじめに

ミステリには何故観光が出てくるか

わたしはミステリ・ファンで、エドガー・アラン・ポー、コナン・ドイルなどの古典から、本格派、ハードボイルド、サスペンス、スパイ・スリラーその他、幅広いジャンルにわたって、文字通り万巻のミステリを読んだと自負する者だが（ああ、それだけの時間を研究にあてていたら、どれだけマシな学者になれていたことか）、日頃から気になっていることがある。

それは観光という自分が専門としている分野と関係するのだが、ミステリには、事件が起きる舞台が観光地や交通機関（鉄道、飛行機、客船など）というケースが非常に多いことだ。テレビでミステリ番組など見ていると、観光を取り除いてしまったら何も残らないのではないかと思われるものさえある。そういう場合、探偵役も旅行作家とか旅館の若女将とか、観光関係の職業に就いていたりすることが多い。

理由としてまず思い浮かぶのは、読者の興味をひくツールとして、観光を使っているというものだ。例えば、松本清張のミステリは厳しい社会批判に満ちているが、あれほど登場人物たちに日本各地を（出張の形で）回らせなければ、戦後日本を代表するベストセラーになることはなかったのではないか。また、それだけ彼のミステリは、未だ貧しく、娯楽としての観光にはなかなか行けないものの、小説を読んで旅への願望を紛らわせ、出張の際に名所に立ち寄っていた当時の日本人たちをあらわす時代的表現となっている。

観光と関わったミステリは、テレビや映画で映像化されるとますます効果を発揮する。トリック、アリバイ崩し、動機など、どうにも話が理屈っぽくなるところで、観光地のようすや話題の乗り物を映像の形で盛り込むと、視聴者にわかりやすく、内容にも広がりをあたえるのだ。

ミステリと観光のドッキングは、小説における内容への効果だけでなく、舞台とされる地域にも大きなメリットをもたらす。取り上げられた舞台を一目見ようと観光客が押しよせるからで、地域を舞台にしたミステリを作家に依頼したり、文学賞として公募する例もある。英国でも一九三〇年ごろ、ある島の自治体が、当時売り出し中の作家アガサ・クリスティーに、宝探しの短編「マン島の黄金」を書いてもらっているほどだ。

最近のわが国では映画やテレビの撮影に利用してもらおうと、地元がフィルム・コミッションなどの組織を設け、大々的に誘致している例もある。もっとも、かつての映画『ゼロの焦点』（原作：松本清張、監督：野村芳太郎）のように、ラストに出てくる断崖が自殺の名所となってしまう物騒な例もあるからご用心だが。

このようにミステリは単に犯人やトリックによって構成されたフィクションであるだけでなく、時代の夢や憧憬、欲望、倫理や道徳、そして生活様式の反映に他ならない。だから、ミステリを観光から見ることは、そうした表現をより鮮明にさせることになるだろう。

ミステリは観光と同い年？

このように今やミステリと観光は切っても切れない関係にあるが、ミステリは『カンタベリー物語』『デカメロン』など、巡礼や保養で集まった人々が夜に語り合った小話にその起源が見出されるというから、もともと近しい関係にあったと考えてよさそうだ。

一九世紀の英国は産業革命の成果によって、ロンドンなど大都市の出現や、貿易と金融を中心としたグローバリゼーション、新聞などマスコミの登場など、現在のわれわれの社会的様式が始まったといわれる時代である。そしてこの時代、今のわれわれが親しんでいる形でのミステリと観光も同時に始まった——一八四一年という同じ年、偶然に。

この年四月、アメリカでエドガー・アラン・ポーが、世界最初のミステリといわれる短編

「モルグ街の殺人」を、雑誌《グレアムズ・マガジン》に発表している。このあと「マリー・ロジェの秘密」「盗まれた手紙」と同じ探偵オーギュスト・デュパンが登場する作品が相次いで発表されることから、デュパン三部作と呼ばれる。作者はアメリカ人なのに、舞台はパリという組み合わせだ。しかも、二〇世紀を代表する文芸批評家ヴァルター・ベンヤミンが評論『パサージュ論』で推察しているように、このデュパン三部作はポーが少年時代をロンドン、すなわち当時人口二〇〇万を越す世界最大の近代都市で過ごした経験が大きかったといわれる。一〇〇万都市では、人口は莫大な反面、それは見知らぬ人ばかり、しかも過密な環境が公害や犯罪などを起こしやすい。そうしたロンドンで味わった経験を、ポーは同じように一〇〇万都市で、首都警察をロンドンより早く整備し、しかも雑誌の読者を旅の興味へと誘うパリへと変えたのに違いない。

同じ一八四一年七月、英国のバプティスト派布教士トマス・クックが、イングランド中部の都市ラフバラで禁酒運動大会を開催するにあたり、鉄道による運賃値引きを利用した団体ツアーを組んでいる。このツアーは単なる鉄道運賃の割引だけでなく、禁酒運動大会自体も楽しいイベント仕立てにして、クリケットなどのスポーツ競技や、「キス取りごっこ」「ハンケチ落とし」など独身男女が楽しめるゲームを行い、昼食にはサンドウィッチと紅茶を提供するといった、参加者が楽しめる配慮に満ちたツアーだった。このツアーが近代観光業（ツーリズム）の端緒といわれるのは、成功に味をしめたクックが、世界史上初の旅行代理店業を開業するに至るからである。

ちなみに、一八四一年の英国は、ヴィクトリア女王が即位して四年目、紡績など製造業が他の先進国を圧倒して、国中に鉄道が敷かれ、首都ロンドンの人口は五〇年前の倍以上である二〇〇万を突破している。インドなどの植民地化を進め、阿片戦争では清を屈服させるなど、内外ともに大英帝国は隆盛期にあった。

その隆盛を英国国民たちに実感させたのが、一〇年後の一八五一年に開催されたロンドン万国博覧会だった。展示された世界中の文物や工業製品を見ようと国中の人が、会場のロンドンのハイド・パークに押し寄せ、旅行代理店を始めたばかりのトマス・クック社も大々的にツアーを組んで、ビジネスを発展させていく。ミステリの世界でも、識字率が高まったおかげで本や雑誌が売れ、チャールズ・ディケンズ、ウィルキー・コリンズなど先駆者たちによるミステリが娯楽小説として親しまれていった。産業革命の発展で増えてきた各々の余暇を、屋内ではミステリの読書、屋外では国内外の観光で、人々が楽しみはじめた時期である。

ポー、コナン・ドイル

もっとも、残念ながら、クックの同時代者であるポー、そしてポーのミステリにおける最大の後継者で、ホームズ・シリーズの作者コナン・ドイルに、現在のわれわれの時代にあるような観光ミステリは見当たらない。確かにポーはアメリカにいながら、「モルグ街の殺人」に始まる探偵デュパン・シリーズ三部作の舞台を（ひょっとすると彼自身も訪れたことがなく、バルザックの小説などで読んでいただけだった）パリに置き、異国への憧憬をうたいあげた。犯人の声を外国人だったとしながら、その国名については近所の人々の証言が一致しないなど、当時のパリがもっていたであろう世界的都市としての国際的性格を表現してもいる。何しろポーの描くパリがあまりに魅力的に描かれているので、パリっ子の詩人ボードレールなどは、デュパン三部作の仏語訳さえつくっているほどだ。

しかし、デュパンは、ポーのミステリではパリに留まっているのみで、どこにも出かけない。「夜も更けた大都会の光と闇の中に、静かな観察がもたらす無限の高揚感」（「モルグ街の殺人」）を求め、パリ市内を歩きまわるのにとどまる。花の都パリを描いているという意味で、ある種の観光的関係はありそうだが、本書で論じるアガサ・クリスティーのような、本格的観光ミステリとは違う。

その意味では、ポーのミステリにおける後継者コナン・ドイルが書いたシャーロック・ホームズ・シリーズのほうが、旅に満ちている。

ポーがデュパン三部作を書いて半世紀近くがたち、欧米とくに英国の世界制覇は更に顕著となり、海外に渡る機会も増えていたのだろう。そもそもホームズと一緒にロンドンのベーカー街で下宿し、物語の語り手でもあるジョン・ワトスン自身がアフガン戦争からの帰還兵（軍医）なのだ。

しかし、ホームズ・シリーズに登場する海外渡航者は、ワトスンはじめ、その多くの目的は、観光ではなく、軍役や商売である。たとえば、ホームズ・シリーズの長編四部作のうち、『緋色の研究』『四つの署名』『恐怖の谷』の三作品はいずれも二部構成になっており、第一部ではホームズがロンドンなど英国を舞台として、殺人事件を解決し、犯人を逮捕する。他方、第二部は犯人が何故犯行に至ったかの動機を、インドやアメリカなどでの体験を通じて告白する手記という構成だ。

犯人は成功を夢みて海を渡り、アメリカ大陸やインドなど海外で塗炭の苦労を舐め、ようやく成功を勝ち取った。しかし、それも束の間、友人に裏切られ、財産や恋人を奪われて、ほとんど命をなくすところまで追い詰められるというのが、共通した第二部の内容である。これらを見ると、ホームズが書かれた一九世紀後半、海外渡航とは観光よりも、一旗組の移住が多く、成功と悲惨が紙一重だったことが伺われる。

長編と同様に、短編でも、海外で受けた恨みを晴らす筋立ては「ボスコム渓谷の惨劇」「背中の曲がった男」に描かれ、外国の秘密結社が執拗に被害者を英国まで追ってくる話には「オレンジの種五つ」「踊る人形」「赤い輪」などがある。アフリカで患った風土病が帰国者を悩ませ（「白面の兵士」）、猛獣や毒薬が殺人の道具に使われるなど（「まだらの紐」「悪魔の足」）、まさに海外行きの危険性をドイルは読者に警告しているようだ。実際に一九世紀、海外に軍役や商売で渡ったイギリス人は多かっただろうが、そこには多くの危険が待ち構えていたのだろう。

ところで、海外だけではなく、英国国内の田舎にも、コナン・ドイルは否定的である。列車に乗り、車窓から見える田園風景を愛でる親友ワトスンに対し、ホームズは首を振ってこう言うのだ。

《「ワトスン、経験上確信をもって言うけどね、ロンドンのどんなにいかがわしい薄汚れた裏町よりも、むしろ、のどかで美しく見える田園のほうが、はるかに恐ろしい犯罪を生み出しているんだ。（中略）

ところが、あのぽつんぽつんと孤立した農家はどうだい。それぞれがみな、自分の畑に取り囲まれているし、住んでいるような者にしても、法律のことなんてろくに知らないような人ばかりだ。ぞっとするような悪事が密かに積み重ねられていたって不思議はないくらいだ」》（コナン・ドイル「ぶな屋敷」『シャーロック・ホームズの冒険』）

ホームズの言葉は、都市は田園よりも優れた文明の成果であるという理性的信念に基づいている。大都市ロンドンこそが大英帝国の繁栄を築き、産業革命を成し遂げた成果であり、帰結である。対して田園は「法律のことなんてろくに知らないような人ばかり」の未開地で、都市より劣悪だ。よって、長編『バスカヴィル家の犬』はダートムア県という田舎を舞台としながら、妖気漂う沼地が描かれるのみで、美しい田園は一顧だにされない。

逆にホームズがご機嫌なのは、事件を解決して、田舎から帰る列車の窓から、愛するロンドンの風景が見られたときである。

《「ロンドンへ向かう高架線からは、こうやって街並みの眺望を楽しめるんだね」

私は［ホームズの言葉が］冗談に決まっていると思った。車窓の景色はみすぼらしいことこのうえなかったからだ。すると、ホームズはすぐに説明を始めた。

「ほら、灰色のスレート屋根が並んでいる中に、ところどころ大きな建物がぽつんと頭を出しているだろう？　鉛色の海に浮かぶレンガの島々のようだ」

「ただの公立小学校だよ、あれは」

「灯台だよ、君！　未来を照らす信号灯さ！　いや、何百という輝ける小さな豆がぎっしり詰まった莢《さや》と呼ぶべきか。やがて莢がはじけると、そこからすばらしい英知が飛び出し、我が国をよりよい未来へと導いてくれるんだ」》（「海軍条約文書」『シャーロック・ホームズの回想』、［　］は引用者補足）

ホームズはみすぼらしい都会の風景の中に、「灯台」という小学校の校舎を見出す。それは人間に教育を通して、知識と理性とをあたえるものであり、無知がはびこる田舎では到底得られないものだ。よって、都会は田舎よりも希望があり、美しいとドイルは言いたいのであろう。

　では観光はどうだろうか。ロンドンに住むホームズにとって、観光とは国外でも国内でもロンドンから別の世界へと「出る」ことになってしまう。仕事なら致し方ないとしても（実際ホームズは事件解決のため、頻繁にロンドンより外の世界へ出向いている）、余暇として訪れる価値はあるのだろうか。

　ホームズ・シリーズには、トマス・クック社が実名で登場する短編がある。『シャーロック・ホームズ最後の挨拶』に収められている「フラーンシス・カーファックスの失踪」だ。中年の独身女性が高価な宝石を所持したまま、ヨーロッパを一人旅の途中、スイスで消息を絶つ話である。ホームズから現地調査を依頼されたワトスンは女性の足取りをたどるため、トマス・クック社がスイスにもつローザンヌ支店に立ち寄るが、行方はわからない。女性の一人旅でも安全に確保するというのがトマス・クック社の売り文句だったが、団体ツアーやガイドなどを利用せず、汽車の切符を手配しただけなら、安全を保証しようもない。一人旅なら、クック社の団体ツアーを利用するか、個人ガイドを雇っておけばよかったものを！

それでも女性は最後にホームズにより救われるが、短編集『シャーロック・ホームズの回想』「最後の事件」では、そのホームズ自身がスイスの観光地ライヘンバッハで宿敵モリアーティ教授に襲われる。両者は滝から落ち、以後ホームズは（「最後の事件」以前のこととして発表された『バスカヴィル家の犬』を除いて）、一〇年間読者の前から姿を消してしまうのである。

海外に一旗組で渡ると悲惨な目にあい、観光で行っても行方不明か、ホームズ自身のように襲われる。国内の田園もロンドンと比べれば無知な人々が住む犯罪の温床とすれば、観光は要注意だ。ロンドンで穏やかに暮らし、クリスマス用に買った鵞鳥の行方不明や、赤毛に限った人の募集といった奇妙な事件に出くわしていた方が、どうやら安全だ。ミステリを今日の隆盛に導いたのはコナン・ドイルであり、彼の書いたシャーロック・ホームズだが、こと観光に関する限り、おそらく一九世紀末当時の事情もあって、その安全性は確保されていないようである。

観光ミステリを求めて

では一体全体、一九世紀以降のミステリで観光があらわれ始めたのはいつ頃から、どのような経緯によってだろうか。

ミステリ史として定評のあるハワード・ヘイクラフト『娯楽としての殺人：探偵小説の成長とその時代』はあまりに正統すぎてこの疑問に答えてくれない。

昨今の日本では自己の専門を通して研究者がミステリを語ろうとする試みがあり、内田隆三氏には社会学（『ロジャー・アクロイドはなぜ殺される？』）、廣野由美子氏には一九世紀英文学の視点からの著作（『ミステリーの人間学』）があるが、ここでも観光への言及はない。

経済史学者の高橋哲雄氏はかつて『ミステリーの社会学：近代的「気晴らし」の条件』でミステリ誕生の起源を一九世紀末の英国の都市化現象とライフスタイルの変化による「余暇」の発生にみた。このまま展開すれば観光とつながっていきそうな予感がするが、書かれてから歳月がたち、残念にも続編は出ていない。

よって何故そしていつ頃からミステリに観光がよく登場するようになったかを教えてくれる研究には、なかなか巡り合うことができないというのが現在の状況である。

わたしのカンでは――という言い方がマジメでないのは承知しているが――、答えはアガサ・クリスティーあたりにあるような気がしている。『オリエント急行の殺人』『ナイルに死す』『白昼の悪魔』『復讐の女神』など、彼女の作品の多くは観光を素材にして書かれているからだ。

それと比べると、コナン・ドイルの後、一九二〇～三〇年代にあらわれて「ミステリの黄金時代」を築いたといわれる作家たち――G・K・チェスタトン、イーデン・フィルポッツ、アントニイ・バークリー、ドロシー・セイヤーズ、F・W・クロフツ、S・S・ヴァン・ダイン、エラリー・クイーン、ジョン・ディクスン・カー（別名カーター・ディクスン）、ウィリアム・アイリッシュ（別名コーネル・ウールリッチ）、ダシル・ハメット、レイモンド・チャンドラーなど――のなかで、クリスティーほど、観光を取り上げた作家はいない。あえていえば、鉄道技師だったクロフツに交通機関を題材にした作品が多く、英国の田園を書いた作家にフィルポッツとセイヤーズがいることだが、その書いた量からいって、クリスティーの敵ではない。

アガサ・クリスティーにおける観光

クリスティーを観光ミステリ作家として注目したのは、実はわたしが最初ではなく、既に著作はいくつかある。

先ず、速水健朗に「クリスティーと観光」《Genron etc. Vol.7》2013）という、そのものズバリの論文がある。「クリスティーを語る上で、もっとも重要なキーワード」を「旅情」とし、彼女が英国南部の海岸リゾート地トーキーで生まれ、少女時代や最初の夫との海外旅行、そして二番目の夫は考古学者で、戦前毎年のように中東の遺跡発掘に夫婦で赴いていたなどの体験が、ミステリを書く上での動機になったとしている。もっとも、『オリエント急行の殺人』『ナイルに死す』といった一九三〇年代の作品を中心に論を展開しているので、読んでいるほうとすれば戦後についても知りたくなってしまう。実のところ、小著は速水氏の論文を読んで刺激を受け、自分の内に沸いた疑問を、わたしなりに解決しようと思って書き始めたものであることを告白しておく。

文章も読みやすく、『ナイルに死す』では、日本で二時間のテレビ・ドラマ化したらということで配役まで想定している。こういうものを読ませられるとオレもこんなのを書きたいナと思うのは、わたしだけではないだろう——が、そこまでは、さすがに我が乏しき知見では追い付けない。

平井杏子『アガサ・クリスティを訪ねる旅』は、労作且つ秀作である。クリスティーは観光地を舞台にしながらも、その多くは仮名として地理関係も曖昧にしており、それが研究者を困らせる。たとえばミス・マープルの住むセント・メアリ・ミードなど、ロンドンから二五マイルの距離にあるとは、最晩年の作品『復讐の女神』まで分からなかった。そんななか平井氏の著作は、クリスティー作品を注意深くあたり、現地を綿密に調査している。

最後に霜月蒼『アガサ・クリスティー完全攻略』——これは、観光にとどまらず、わが国における全てのクリスティー論を凌駕する金字塔である。観光の視点からすると、ミス・マープルものに意外とセント・メアリ・ミードを舞台にした作品が少なく、むしろ旅先が多いこと、クリスティーが予定していたといわれる最晩年三部作という通説への疑問など、いずれも目から鱗の指摘で、今後クリスティーについて論じる者は、この書を一つの権威として格闘しなくてはならないだろう。それだけの高みをもった圧巻の書である。

今あげた三冊の本を読んで、共通して感じるのは大変わかりやすいことである。クリスティーの原作も英語としてわかりやすいのだから、当然それを論じるものも同様であるべきだ。また、冒頭で書いたように、ミステリとは、その時代の表現であり、観光とはその時代に生きた人々の夢や憧憬なのだから、アガサ・クリスティーのミステリを観光の視点から考えることは、彼女の生きた時代の英国——二〇世紀に世界的帝国から一島国へと変貌するまでの英国——を明らかにしなければならないという気が、わたしにはしているのである。

1・2 クリスティーのミステリを分類する

本書の目的

以上、述べてきたように、本書は二〇世紀の大英帝国の状況を背景に、ミステリと観光の関係を、アガサ・クリスティーの作品から読み解こうとするものである。ただ、その前に、本節では研究目的を明確化すると共に、彼女の作品を全体的にみてのグループ分類した結果などを整理しておきたい。

アガサ・クリスティーについては、もはや説明するまでもないだろう。二〇世紀英国の代表的女流ミステリ作家であり、その作品は「世界中の総売り上げ部数二〇億部」として『ギネス・ブック』に記録され、『聖書』『シェイクスピア全集』と比肩するとされる大ベストセラーである（*The Independent*, 14 September 2015）。没後三〇年以上たちながら、わが国でもその人気は絶大で、『東西ミステリーベスト１００』（文藝春秋編二〇一三）で、ミステリ・ファン投票の海外編ランキング第一位『そして誰もいなくなった』、第五位『アクロイド殺し』の二編がベスト・テン入り。そのほか一〇〇位以内にも、『オリエント急行の殺人』『ＡＢＣ殺人事件』『ナイルに死す』の三編が加わって、合計五編が入っているのは、彼女の人気とその作品がなお他の作家を寄せ付けないことを示している。

しかも、彼女が作家として活動した期間は、ちょうど一九二〇年代から一九七〇年代までと、およそ半世紀に及ぶ、大英帝国が大きく変貌した時代とも重なっている。特に戦前の英国は世界的帝国として史上最大の版図を支配し、「世界の銀行」を謳歌した絶頂期で、そんな時代に首相や貴族、富豪、外国の王族から依頼を受けて難事件を解決し、中東をはじめ海外の植民地でも活躍するのが、彼女の創造したベルギー人の名探偵エルキュール・ポワロだった。

しかし、第二次世界大戦が起き、英国は苦難の末に勝利したものの、戦後は植民地の多くを失い、帝国瓦解の憂き目をみるに至る。作品の舞台から、海外はほとんど姿を消し、ポワロに代わって登場回数の増えた独身の老嬢ミス・マープルをはじめ、探偵たちの行動範囲は国内、それも田園に狭まっていく。そこで描かれるのは、帝国の解体と社会福祉政策によって、もたらされた英国人たちのライフスタイルの変化である。

クリスティーの作品群を貫く縦糸を大英帝国とすれば、横糸は人々のライフスタイルのなかでも、特に「観光」ということになるだろう。この章の冒頭で述べたように、ミステリと観光を結びつける作品は多いが、クリスティーの観光ミステリは特に顕著で、しかも傑作ぞろいだ。戦前の『青列車の秘密』『死との約束』などに描かれた豪華な海外旅行は、ヨーロッパの古き良き日を思い起こさせるし、戦後になってポワロやミス・マープルが『マギンティ夫人は死んだ』『復讐の女神』で回る田園地帯は、英国人の自然と伝統への思い入れを改めて実感させる。

こう見てくると、クリスティーのミステリを、観光という視点から読み解けば、英国という国の二〇世紀を――ちょうど大英帝国として栄光を誇った時期から一島国に戻った現代までの過程を――考えることができるのではないか、と思える。

コナン・ドイルの書いたシャーロック・ホームズ・シリーズは、一九世紀末、世界最大の都市であったロンドンの生活誌ともいわれる（富山太佳夫『シャーロック・ホームズの世紀末』）。同様に、アガサ・クリスティーのミステリも、観光という視点からとらえることにより、大英帝国の繁栄と衰亡を、その時代に生きた人々の生活を舞台にしながら、伺い知ることができるのではないか――ということを、わたしはこの本の仮説として、彼女の作家としての足取りと作品をたどっていこうと思う。

分類の方針

ただ、その前に彼女の作品を鳥瞰的にグループ分類しておきたい。というのは、彼女の作品は、あまりに多いので、手を付けると混乱の極みに入ってしまう恐れがあるからだ。何しろ、ほぼ全集というべきハヤカワ文庫でも長編六六、中短編一五二編、戯曲一二編に及ぶ。しかも、以上はミステリ関連で、そのほかにメアリ・ウェストマコット名義のロマンス長編六編、その他（エッセイ、自伝など）が三編あるのだ。分類だけでもしておく必要があるし、そこにも一定の方針が必要ということになるだろう。

そこで分類の方針は以下の通りとする。

第一に、グループはミステリ、それも六六ある長編ミステリに限定して分類する。いま言ったように、クリスティーの作家活動は終生旺盛だったため、ミステリだけでも、長編、中短編、戯曲等、数多い。しかも、中短編の中にはお互い非常によく似た複数の作品があったりするし、戯曲では自らの長編ミステリの脚色版が多いなど（そうした戯曲のうちにはハヤカワ文庫に含まれていないものもある）、選別が煩雑である。よって分類は六六編の長編ミステリに対してのみ行い、中短編、戯曲、ロマンス小説、自伝・エッセイなどは、本書の中で考察を進めるとき、適宜触れていくことにとどめる。

第二に、分類は主に観光や田園、都市といった「舞台」で区分する。これはクリスティーがストーリーをつくっている手順が、多くの場合、「舞台」の設定から始められていたとするジョン・カランという研究者の指摘による（『アガサ・クリスティーの秘密ノート』、以下『秘密ノート』と略）。カランはクリスティーが作品を書くにあたり、残していたメモや創作のためのノートを遺族から見せられ、それを自ら編集した『秘密ノート』で次のように書いている。

《クリスティーは腰をおろして次の作品の構想をねるとき、プロット作りにとりかかる前から早くも、物語の舞台にできそうな場所を考えていた》（『秘密ノート』）

カランの説は、『アクロイド殺し』や『オリエント急行の殺人』のような、あっと驚くプロットや犯人を記憶している者には承服しがたいだろう。カラン自身、残されたノートに、この二作品に関するものが欠如していることを「まことに残念である」と、認めている。おそらくこれらでは先ず、犯人に関する着想が、あったに違いない。

しかし、クリスティーの六六長編作品全体を見渡せば、多くの場合、先ず舞台を定め、次にそこで展開される人間関係を決めたうえで、プロットに進んでいったというカランの説は充分あてはまる。『アクロイド殺し』や『オリエント急行の殺人』でクリスティーが使った犯人への着想は何度も使えるものではなく、あくまで例外的ケースなのだ。

なお、分類基準を「舞台」とした場合、グループはできるだけ広範囲なものとする。オリエント急行とかセント・メアリ・ミードなど個別の名称にしてしまうと、あまりに狭くなり、分類の意味がなくなってしまうからだ。そこでオリエント急行や青列車の鉄道、ロンドン・パリ間の旅客機などをあわせて「交通機関」、イラクの発掘現場、ナイル河観光船などは「中東」、観光ホテルやゴルフ場、スキー場、別荘地などは「観光・リゾート地」として、それらを全体として「観光ミステリ」にくくる。またセント・メアリ・ミードなどは「ロンドン近郊」、アクロイド邸のようにロンドンから離れたところは「田舎」とし、それらを「田園グループ」にくくるといった具合である。

観光ミステリ、クリスティーの人気の源泉

ということで、彼女の六六編の長編ミステリを、三つの大きなグループに分類したのが、表1(三七頁)である。ここでは、大グループを三つとし、そのうち収録されている数が多い二つのグループに関しては、更に二、三の小グループに分けている。

第一の大グループは、鉄道・船・旅客機など交通機関、多く取り上げられている中東、そして観光リゾート地を主たる舞台とするものをあわせて、「観光ミステリ」と名づける。

ここで注意しなければならないのは「観光」の定義であって、一般にこの言葉は「物見遊山、見学」などを意味する狭義の観光 sightseeing と、「居住地から職場以外の土地への非日常的移動、および目的地での活動と事業」(英国雇用省の報告書『ツーリズムと環境保護』による)をあらわす広義の観光 tourism の二種類がある(東秀紀「文化ツーリズムとは:その本質と目的、方法」)。本書の分類でいうのは、このうち後者、つまりツーリズムである。よって、そこに居合わせているひとびとの目的がさまざまで、必ずしも狭義の観光でなくても、①交通機関(鉄道、飛行機、客船)、②中東(狭義の観光のほか、保養、発掘、商用)、③観光リゾート地(海水浴場、別荘地、景勝地、およびそれらの地に建つ建築、ホテル、民宿)であれば、このグループに入れる。

観光ミステリの特徴は、アガサ・クリスティーとくれば、先ず思い浮かぶ作品の多くが、このグループに含まれることだろう。たとえば、前述の文藝春秋編『東西ミステリーベスト100』で海外ベスト一〇〇にランクインしているクリスティー五作品のうち、『そして誰もいなくなった』『オリエント急行の殺人』『ABC殺人事件』『ナイルに死す』の合計四作品（すなわち八割）が、観光ミステリということになる。そこに描かれているのは、まさに二つの大戦の間の時期における束の間の平和、その時期における大英帝国の栄華である。観光ミステリにこそ、アガサ・クリスティーの人気と名声は今も多くを負っているのだ。

国内を舞台としたものでは、クリスティー自身の生地トーキーに近いイングランド南西部の海岸が多いこと（『邪悪の家』『そして誰もいなくなった』『白昼の悪魔』『NかMか』『スリーピング・マーダー』など）、海外では二番目の夫で、考古学者のマックス・E・L・マローワンが遺跡発掘に従事していた中東関係が多いなど（『オリエント急行の殺人』『メソポタミヤの殺人』『ナイルに死す』『死との約束』ほか）、観光ミステリにはクリスティー自身の個人的体験が反映されている。

戦後多く書かれた田園ミステリ

次が「田園ミステリ」である。

観光と同じく、ここでいう「田園countryside」の定義も難しい。Countrysideという言葉自体、日本語で訳されるとき、田舎、農村、田園などと場合によってバラバラだ。田舎といってしまうと、地方のイメージが強すぎて、今は大都市郊外にのみ込まれてしまったかつてのカントリーサイドや今のグリーンベルトは入らなくなってしまうし、農村というと林地や自然地、オープンスペースが外されてしまう。田園では何か格調が高くなりすぎて、どうにも間が悪いという意見も出てきそうだ。ただ、本書では、後でエベネザー・ハワード『明日の田園都市』やアバークロンビー《大ロンドン計画》などにも触れるので、あえて田園という訳語を用いることとする。「観光」のときに使った英国雇用省のcountrysideに関する定義を、ここでも使えば「すべての農地、林地、自然のオープンスペース、未開発の海岸地域。人口一万人以下の村や町を含む」ということになる。

田園ミステリの特徴は、著名な観光地ではない、英国の「どこにでもあるような、ありふれた村」(『アクロイド殺し』)あるいは「何もないような平穏な場所」(『動く指』)を主たる舞台としていることである。しかも、クリスティーのミステリでは英国全域というより、イングランドの村に限定される。

アガサ・クリスティーのミステリ作家としてのキャリアは、この田園ミステリから始まった。すなわち処女作『スタイルズ荘の怪事件』、そして出世作『アクロイド殺し』であり、いずれも一九二〇年代に書かれている。

一七世紀から現代に至る英国の歴史は、この田園を巡る歴史であるといってよい。田園における農業革命が、やがて工業生産に応用されて産業革命が起き、多くの人口が都市へと移動し、田園は遅れた地域とみなされた。コナン・ドイルがシャーロック・ホームズに語らせた都市を優位に置く論は、その代表例であろう。しかし、やがて、ウィリアム・モリス『ユートピアだより』のように、田園こそ未来社会の理想の地としたり、エベネザー・ハワードのように都市の便益と田園の環境という長所を兼ね備えた田園都市が、英国の都市計画において追求されていくことになる。

第二次世界大戦のため、外国について書く機会が減り、戦後は首都圏が拡大してくることから、クリスティーの書く田園ミステリは、大きく変貌しはじめる。つまり、今まで「田園」という一つの言葉で済んできたものが、①ロンドンから四〇～五〇キロ圏で開発が進んできた新興住宅地、②大都市からは遠く、相変わらず田舎の地域、の二つに区分されてくるのだ。特に①の変化を自らの住むセント・メアリ・ミードで目の当たりにするのが、ミス・マープルである。あまりロンドンから出たがらないポワロと対照的に、ミス・マープルは好奇心に胸膨らませ、英国の国土と社会の変化を見て回る。最初に登場した一九三〇年前後にもう七〇代のはずだったのが、歳月がたてばたつほど、若やいでいきながら。

こうして田園ミステリは戦後三〇編の長編ミステリのうち、一八編という多数を占め、全体としても六六編中、三一編というように第一位にのぼりつめる。

一九七二年に日本のクリスティー・ファンが送った作品の人気投票結果（そのベスト・テンのうち、過半数が観光ミステリだった）に対し、クリスティー自身があげたベスト・テンでは、『終わりなき夜に生れつく』『ねじれた家』『無実はさいなむ』など、当時の日本ではあまり読まれていなかった戦後の作品が多く含まれ、その結果実に七編が田園ミステリだったのも、作者自身の自己評価を如実にあらわしているといえよう。

意外にも少ない都市ミステリ

最後のグループである「都市ミステリ」はロンドン都心、具体的にはロンドン地下鉄圏内を舞台にした作品群である。

意外なことに、都市グループの作品数は三グループのなかで最も少なく、九編と二桁にも満たない。ホームズ以来、英国のミステリといえば、首都ロンドンが舞台と決まっていたが、少なくともクリスティーに関する限り、この法則は成り立たないようだ。

ヴァルター・ベンヤミンが『パサージュ論』で喝破したように、エドガー・アラン・ポーが「モルグ街の殺人」の舞台をパリに設定して以来、ミステリは概ね産業革命によって肥大化した大都市を舞台としてきた。一九世紀に欧米で起こった大都市への人口集中が生んだ、犯罪の多発、犯人や被害者の匿名性、人間関係の欠如、動機の不可知性、そして科学的捜査を重んずる近代警察の発足などによって、ミステリは誕生時から都市文学の様相を帯び、産業革命によってもたらされた大都市の影の部分を反映する形で成長してきたのである。

確かに名探偵ポワロも、ロンドンの都心に（厳密には郵便番号W区のホワイト・ヘイブン・マンションに）事務所と住居をかまえてはいる。ところが、都心での事件は『ポワロ登場』など初期の短編集が主で、長編は少ないのだ。先輩シャーロック・ホームズが変装して出没したような阿片窟、探偵に協力する浮浪児よりなるチンピラ探偵団、唇のねじれた乞食などの都市住民たちも、クリスティーの作品にはあらわれない。ましてロンドン以外の大都市であるバーミンガム、マンチェスター、グラスゴーなどは、あって無きが如くだ。ホームズ・シリーズ第一作『緋色の研究』で「汚水溜め」と名づけられたロンドンの環境汚染、貧富の差といった都市の影の部分も、クリスティーは触れていない。

戦後になると、ポワロは地方にはなかなか出向かず、ロンドンに腰をおちつけ、リッツ・ホテルで朝食、シャフツベリー・アベニューあたりのレストランで夕食と、都市生活を満喫しながら、読書と著作に時間を費やしている。対して事件のほとんどは田園で起きるので、いやいやながら田舎に赴くのが、戦後のポワロの行動パターンだ。

全体として多い田園ミステリ、意外にも少ない都市ミステリ、そして戦前には多数を占め、今も人気の源泉となっている観光ミステリ。しかも観光ミステリと田園ミステリとの間には、お互い符合する部分があり、表1に見るように、両方のグループの性格をもつ作品が幾つか見受けられる。

それらを頭に入れながら、次章から、クリスティーの作品を、大英帝国を縦糸、観光を横糸にしながら、時系列的にたどることとしたい。

表1. クリスティーの長編ミステリのグループ分類（筆者作成）

グループ	舞台	作品名（長編ミステリのみ）
観光 ミステリ（**26**）	交通機関（9）	茶色の服の男（1924），青列車の秘密（1928），オリエント急行の殺人（1934），雲をつかむ死（1935），ABC殺人事件（1936），〔ナイルに死す（1937）〕，死への旅（1954），パディントン発4時50分（1957），フランクフルトへの乗客（1970），復讐の女神（1971）
	中東（5）	〔オリエント急行の殺人（1934）〕，メソポタミヤの殺人（1936），ナイルに死す（1937），死との約束（1938），死が最後にやってくる（1945），バクダッドの秘密（1951）
	観光リゾート地あるいはホテル・別荘（12）	ゴルフ場殺人事件（1923），シタフォードの秘密（1931），邪悪の家（1932），〔三幕の殺人（1934）〕，〔ABC殺人事件（1936）〕，そして誰もいなくなった（1939），白昼の悪魔（1941），NかMか（1941），〔書斎の死体（1942）〕，五匹の子豚（1942），ゼロ時間へ（1944），〔予告殺人（1950）〕，蒼ざめた馬（1961），複数の時計（1963），カリブ海の秘密（1964），〔バートラム・ホテルにて（1965）〕，スリーピング・マーダー（1976）
田園 ミステリ（**31**）	ロンドン近郊（19）	スタイルズ荘の怪事件（1920），チムニーズ館の秘密（1925），七つの時計（1929），牧師館の殺人（1930），もの言えぬ証人（1937），書斎の死体（1942），動く指（1943），ホロー荘の殺人（1946），満潮に乗って（1948），ねじれた家（1949），予告殺人（1950），ポケットにライ麦を（1953），死者のあやまち（1956），〔パディントン発4時50分（1957）〕，無実はさいなむ（1958），鳩のなかの猫（1959），鏡は横にひび割れて（1962），親指のうずき（1968），ハロウィーン・パーティ（1969），カーテン（1975）
	田舎（12）	アクロイド殺し（1926），三幕の殺人（1935），なぜエヴァンズに頼まなかったのか？（1934），ポワロのクリスマス（1938），殺人は容易だ（1939），杉の柩（1940），魔術の殺人（1952），マギンティ夫人は死んだ（1952），葬儀を終えて（1953），終わりなき夜に生れつく（1967），〔復讐の女神（1971）〕，象は忘れない（1972），運命の裏木戸（1973），
都市 ミステリ（**9**）	都心（9）	秘密機関（1922），ビッグ4（1927），エッジウェア卿の死（1933），ひらいたトランプ（1936），愛国殺人（1940），忘れられぬ死（1945），〔ポケットにライ麦を（1953）〕，ヒッコリー・ロードの殺人（1955），バートラム・ホテルにて（1965），第三の女（1966）

（　）：発表年
〔　〕：複数のグループに属しているもの（そのうち従的なものを、この括弧で標記）
書名、発表年は数藤康雄編『アガサ・クリスティー百科事典』による

第二章

試行の旅——一九二〇年代

2・1　処女作まで

リゾート地に生まれる

アガサ・クリスティーのミステリを、これから年代的に、そして前章で行った三グループの分類をもとにみていくことにする。

彼女が生まれたのはイングランド南西部海岸のトーキーで、アメリカ人の父フレデリック・ミラーと英国人の母クララの間に、三人兄姉の末娘として生まれた（以下、結婚するまでの姓はミラーなので、小説家になるまでの彼女を「アガサ」とファースト・ネームで呼ぶこととする。

両親は（血はつながっていないものの）親戚関係に当たり、父フレデリックの家はニューヨークの名門で、働く必要のない高等遊民だった。アメリカ人なので、英国で地主層をあらわす「ジェントリ」という言い方は正しくないかもしれないが、トーキーで地方名士となり、信託財産で暮らす有閑階級であるなど、そのライフスタイルは似ている。クリスティーの小説には、落魄したジェントリ層がよく登場するが、親近感を覚えていたとしても不思議はない。もっとも、愛読者はよくご存じのように、そうしたジェントリ層はミス・マープルの親友から真犯人に至るまで千差万別だ。

『アガサ・クリスティー自伝』（以下『自伝』と略）によれば、彼女は大変に引っ込み思案の内気な女性だったようである。ただし、これは人前に出るのがあまり好きではないという意味で、旅に出ることには大変積極的だった。生まれたのがトーキーというリゾート地だったことで、観光を身近にも感じていた。

トーキーは古くから気候の良いことで知られ、一九世紀半ばの鉄道開通以降、観光リゾート地として栄えた。「英国のリヴィエラといってよく、家具付きの別荘には人々が高額の賃貸料を払い、華やかな冬のシーズン中には、午後のコンサート、講演会、ときたまのダンス・パーティ、その他多くの社交的行事があった」（『自伝』）といったように、ブライトンなどの大衆的海水浴場とは一線を画す高級地であったことを、後にクリスティーは、いくつかの著作で強調している。彼女のミステリの多くの舞台が、ロンドンのパディントン駅から汽車で向かう、このトーキーをはじめとしたイングランド南西部沿岸であることは周知のとおりだ（『邪悪の家』『三幕の殺人』『そして誰もいなくなった』『NかMか』『白昼の悪魔』『書斎の死体』『運命の裏木戸』『スリーピング・マーダー』等々）。

アガサがトーキー郊外にある大きな屋敷で、比較的豊かな少女時代を過ごせたのは、父フレデリックが祖父から引き継いだ財産のおかげだったが、家庭教師につくとか、兄や姉のように寄宿制の学校に通うといった、中産階級のような一般的教育は経験していない。読み書きの教育は何と母親が行っている。娘はこの理由を母の気ままな性格に帰しているが、果たしてどうであろうか。

フランス旅行

五歳ごろ、アガサたちは一年間近く海外旅行も経験した。不況で信託収入が底をついた一家は、トーキーの屋敷をリゾート用に他人に貸すこととし、家財道具をスーツケースに詰めこみ、フランスを旅して回ったのである。五人家族の旅は、フランス南西部、ピレネー山脈のふもと、パリ、ブルターニュ地方、そして英仏海峡の島とつづき、一年近くずっとホテル住まいをつづけたらしい。『自伝』にはこのフランス行きは病弱な父の健康も考慮しての保養だったとしているが、長旅が保養になるのだろうか。結局帰国四年後に、父は亡くなっている。

そのとき、一家に財産はほとんど残っていなかった。「友人たちに比べると、わたしの家はそれほど裕福ではなかった」(『自伝』)とアガサは書いている。フランス旅行をしていたころは六歳で、英国で一八七〇年に制定された《初等教育法》で定められた義務教育開始年にあたる。ただし、この法律は今まで教育を受ける機会のなかった労働者階級の子弟を念頭につくられたので、アガサのような中産階級の家の子は、もともと家庭教師につくか、私立学校に通うのが当時普通だった。まさかそうした初等教育を受けない少女が、中産階級で出てくるとは想定外で、チェックもされなかったのだろう。姉の影響で本好きだったことで、学校に通わなくても文章などを書く能力は養われ、空想力も伸ばせられたが、反面、人見知りの性格を形づくることにもなったと思われる。

アガサがトーキーの女学校に通わせてもらうことになったのは、一五歳になって、祖母からの遺産が入ったときであった。このころ兄が就職、姉が結婚して、家計に余裕が出て、若い娘が良い結婚相手を見つけるには、教育を身につけたという証拠が必要だ、と親戚から諭されもしただろう。だが、娘がピアノに興味があると、女学校をやめさせて、パリに音楽留学させるなど、母の教育方針は思いつきで、かなりぶれがちだ。

一八ヶ月にわたるパリ留学を、「わたしの経験したもっとも幸せな日々であった」とアガサは『自伝』に書いている。音楽学校でピアノと声楽を学び、オペラや劇場に出かけ、流行のドレスを着て社交界に出ることもできた。だが、様子を見にやってきた母親は気に入らず、音楽学校を三度も転校させた挙句、帰国させる。そして今度は一緒にエジプトに行こうと言いだした。当時のエジプトはトマス・クック社がリゾート地として開発し、そこの保養が自分の健康にいいというのだが、実は母には別の魂胆があった。

ピラミッドや博物館には行かなくていいから、現地駐留の英国軍独身将校たちが参加するパーティに率先して出ろという。「なかなかいい考えだった」（同）と、娘は後に母の思いつきを評している。さほど豊かでもない中産階級の娘にとって、ロンドンの社交界ではなかなか伴侶を見つけにくい。それがエジプトなら、若い独身将校たちが多くいるというわけである。何しろ、婚活が大事な時代だが、内気な娘にこのとき結婚相手は見つからなかった。

世界大戦、結婚、処女作構想

子を支配しながら、期待はやけに大きいのが親というものだろう。帰国すると、エジプトでの旅行体験をもとに小説を書いたら、と母は言いだした。お前は幼い頃から、姉とよく物語をつくったりするのが好きだったではないか。そう言いながら、自分の使いかけのノートを出し、さあ、これに書けと娘に迫る。

アマチュアが書いても、社会に発表する手段などないと反論する娘に、母は近所に住んでいる作家のイーデン・フィルポッツに、娘の習作をみてもらうよう、話を付けてきた。フィルポッツは未だ『赤毛のレドメイン家』や『闇からの声』といったミステリには手を染めていなかったが、田園を舞台にした小説で知られる中堅の風俗作家だった。クリスティーの原稿を読んで、もっと名作と言われる既存の小説を読むよう、題名も具体的にあげて誠実にアドバイスしたフィルポッツは、自分のエージェント（著作権代理人）を紹介してくれた。もっとも、エージェントの意見は、これでは出版の企画に乗らないから、別の小説を書いたほうがいいというものだったから、世の中はそう甘くない。しかし、そのつながりで、フィルポッツの書いていた田園小説なども読んだりしたことは、後のアガサの小説に大きな影響をあたえたことであろう。

当時アガサは何人かの男性と出会い、一〇歳以上年上の砲兵大佐と婚約もしている。だが、そこにアーチー・クリスティーという航空隊の若手将校があらわれた。一九一四年、第一次世界大戦が勃発した直後のクリスマス休暇にアーチーから突然結婚しようと申し込まれた彼女は、その強引さにひかれ、二人で教会に向かう。了解を求めるため、唖然とする双方の親を訪ねたのは翌日である。

あわただしく結婚した夫を戦場に送り、若い妻はトーキーの病院で働くこととした。もっとも、忙しい看護ではなく、薬局勤務なので暇をもてあましてしまう。持ち場から離れるわけにもいかない。そこで小説の筋を考えることで時間を費やそうと思い立ったのが、以後のアガサの運命を変えることになった。フィルポッツに出した素人じみたロマンスではなく、かつて読んだホームズやデュパンものなどのミステリを書いてみよう、と思い立ったのである。

それに、ミステリならば、薬局で働いている知識を活かして、毒殺の話にしてみたらどうだろうか。田舎の屋敷を舞台とし、容疑者をそこに住む「親密な間柄」(『自伝』)の家族たちに絞って、「すべてある家庭内でのこと」(同)として描くのだ。アガサ自身の周囲に実在する人々をモデルに、犯人を含む屋敷の住人たちの関係や性格を定め、あとを「話が成長するのに任せて」(同)いくといった手順は、『秘密ノート』に残っている後の多くの作品での構想法と同じである。こうして出来上がったのが、処女作『スタイルズ荘の怪事件』だった。

ベルギー人の探偵

『スタイルズ荘の怪事件』で最も難渋したのは、何といっても処女作なので、ホームズのような、明晰に謎を解く探偵を創造することだった。ホームズ・シリーズのワトスンに倣って、ヘイスティングズ大尉という元軍人を名探偵の助手兼語り手にすることはすぐ決めた。だが、探偵の方がインテリ紳士というだけでは、既にホームズ、ソーンダイク博士、思考機械ドゥーゼン教授などの例があり、ステレオタイプ化してしまう。むしろG・K・チェスタトンがつくりだしたブラウン神父のような、変わり者の個性豊かな探偵はできないだろうか。

そこで思いついたのが、トーキーにも滞在していたベルギーからの難民たちだった。《ベルギー人の相当な亡命者集団がトアの教区に住んでいた。この人たちが到着したとき、みんなはあふれんばかりの親切と同情とで迎えた。人々は彼らの住む家々に家具。家具類をいっぱい持っていってやり、快適に住めるようあらゆることをしてやった》(同)

第一次世界大戦は、ナポレオン戦争以来、実に一〇〇年ぶりにヨーロッパ大陸で起きた、大きな戦争だった。ヴィクトリア朝の大英帝国は世界に植民地を広げ、幾多の戦争を勝ち抜いてきたが、アヘン戦争、アフガン戦争、セポイの反乱、ボーア戦争と、戦場は海の向うの遠隔地だったのである。ヨーロッパ大陸で起きた数少ない戦いである、四〇年前の普仏戦争では、英国は中立を守り、勝ったプロシアの目的はドイツ統一にあったから、戦いは拡大していない。以後ヨーロッパは英国、フランス、そして後発のドイツとロシアが世界各地で勢力圏拡大のための小競り合いを繰り返しながら、ヨーロッパでは直接に戦火を交えることがないまま、二〇世紀を迎えたのであった。

それが一九一四年七月、前月にオーストリア゠ハンガリー帝国皇位継承者がセルビアのサラエヴォで暗殺された事件によって、偶発的に第一次世界大戦が始まったのである。大戦回避の努力はあったものの、各国がそれぞれ結んでいる同盟や条約がからみあって、戦火は一度つくと止められない。ドイツは参謀本部が万一の用意に立てていたプランに基づき、ベルギーを経由しフランス国境を突破、一時はパリ近郊まで迫る。しかし、英仏連合軍に押し戻され、ロシアとも敵対関係にあったため、東西両面に敵を受けなければならなくなる。「この戦いは今年クリスマスまでに終わるだろう」という、英仏露「連合国」側と独墺土「同盟国」側双方がもった楽観的予想と裏腹に、戦いはヨーロッパ全土、更に植民地も入れて世界中に広がっていった。飛行機、飛行船、潜水艦、戦車、毒ガス、軽機関銃などの最新兵器が使われ、スイス国境から英仏海峡に至る長い塹壕が掘られて、戦線は膠着状態に陥った。その結果、一般国民を含む犠牲者三七〇〇万人（うち死者一六〇〇万人）に及ぶ消耗戦が、四年間つづくことになる。

もともと中立国だったベルギーも、開戦当初ドイツ軍に国土を蹂躙され、その後も連合国・同盟国の両軍が一進一退する西部戦線の戦場と化した。同国人口の四パーセントにあたる二五万人が国王一家も含め、戦火を逃れて海を渡り、英国に避難。トーキーなどイングランド南部の海岸に近い町にも、難民たちが押し寄せた。

しかし、最初は同情して歓迎した英国人たちも、やがて手のひらを返したような態度をとるようになる。

《後になって、みんなは例によって例のような反応をみせはじめた――亡命者たちがみんなのしてやったことに対して充分な感謝を表さないふうなので、あれこれ不平をいった。事実は、この気の毒な人たちは当惑していて、また異国のことではあるし、充分に感謝が表せなかったのだ。(中略)彼らはそっとしておいてもらいたかったのだ。自分たちだけで引きこもっていたかったのだ》(同、傍点引用者)

もし、アガサが開けっ広げな性格だったら、ベルギー人たちに、「彼らは引きこもっていたかったのだ」という同情心を持つことはなかったろう。しかし、もともと心を開いて打ち解けるのが苦手、幼いころの経験から、異国で暮らす心細さと不安をよく知っている彼女にとって、ベルギー人たちの悩みはよく理解できた。「探偵をベルギー人にしては、なぜいけない? わたしは考えた」(同)。そして難民たちに何かと便宜をはかってくれていたジェントリの婦人が殺される設定とし、その受けた恩義に報いるため、ベルギー人の探偵が事件の解決に挑むこととしたのである。

《ポワロは風変わりな小男だった。背丈は五フィート四インチそこそこだが、物腰は実に堂々としている。頭の形はまるで卵のようで、いつも小首をかしげている。口髭は軍人風にぴんとはねあがっていた。身だしなみに驚くほど潔癖で、埃ひとつついただけでも、銃弾を受けた以上に大騒ぎをしそうだった。いまは痛ましく足をひきずっているが、この風変りでダンディーな小男は、かつてはベルギー警察ではもっとも有名な人物だったのだ》(『スタイルズ荘の怪事件』)

第一次世界大戦中、友人の住むスタイルズ・セント・メアリ村を訪れた語り手のアーサー・ヘイスティングズ大尉が、ベルギーから避難してきた旧友エルキュール・ポワロと郵便局で再会するシーンである。

クリスティー自身、エルキュール・ポワロという名前をどうして決めたのかは、「自分でもわからない。ぱっと頭に浮かんだのか、それとも新聞とか何かに書いてあるのを見たとか、どうかわからない」（『自伝』）としているが、英国のミステリ作家・批評家のコリン・ワトスンは、当時英国の女流ミステリ作家マリー・ベロック゠ローンズの作品に、エルキュール・ポポーというパリ警視庁を引退した探偵が登場していることを指摘している（「ノスタルジーの王国」）。確かにクリスティーはこれにヒントを得た可能性があるが、二人の探偵の性格はまるで正反対だ。お高くとまって英国人を見下ろすフランス人のポポーに対し、ポワロは英国の文化・習慣には馴染めぬものの、ヘイスティングズ大尉やジャップ警部、ミス・レモンら英国の友人たちと深い友情で結ばれている。自惚れは強いが、そこがかえって滑稽でさえある。しかも、ベルギーは強国ドイツに国土を蹂躙された気の毒な小国だ。エルキュール・ポワロという、ミステリ史上に残る名探偵の創造には、自分たちが元々もっていたベルギー難民への親近感、同情心をもう一度呼び起こそう、というアガサのメッセージがこめられていたように思われる。

舞台としての田園

『スタイルズ荘の怪事件』のもう一つの特徴は、このあとクリスティーの作品にたびたびあらわれる「田園 countryside」に舞台が設定されていることである。

《スタイルズ・セント・メアリ村は、この小さな駅から二マイルほど離れていて、スタイルズ荘はそこからさらに一マイル先にあった。七月初旬の穏やかな暖かい日だった。午後の日差しを浴びて一面に広がるエセックスののどかな田園風景を眺めていると、ここからさほど遠くないところで大きな戦争が避けがたい結末に向かって突き進んでいるのが信じられなくなってきた。突然、別世界に迷いこんだかのようだ》(『スタイルズ荘の怪事件』)

この作品が着手された一九一六年は、第一次世界大戦(当時、「大戦争」という名で呼ばれていた)が始まって二年がたち、北フランスのヴェルダン、ソンムの地で連合国側、同盟国側がそれぞれ決着をつけようと攻勢に出たものの、いずれも成果をあげることなく、消耗戦がなおもつづいていた時期にあたる。もはや当初の楽観主義は影を潜め、戦いはいつ終わるともしれなかった時期に、アガサは『スタイルズ荘の怪事件』を書き始めたことになる。

実際に引用文にあるヘイスティングズ大尉が、スタイルズ・セント・メアリ村を訪ねた日の七月一五日の日曜日とは——曜日から算定して、一九一七年であろう——、厭戦気分が高まったロシアで二月革命が起こり、次いで一〇月革命でソビエト政府が樹立される四ヶ月前にあたる。翌年にはドイツ帝国でも革命が起き、大戦が終わることを思えば、まさに世界におけるヨーロッパ優位が終わろうとしている時期といってよい。

大戦によって、英国人の田園を見る目も一九世紀と比べ、大きく変わった。『シャーロック・ホームズの冒険』で、ホームズが軽侮した田舎を、クリスティーは『スタイルズ荘の怪事件』で穏やかな地、今まさにおきている戦争とは異なる平和な「別世界」として描いている。田園都市やナショナル・トラストなど田園嗜好の社会改革運動は、大都市の過密や環境問題発生への反省から、一九世紀末から二〇世紀初頭にかけて芽生えてきていたが、それが特に世界大戦が始まって、強くなった。世界大戦がいつ終わるとも知れない事態のなかで、平和な田園への憧れが、英国国民のなかで次第に増していく――そんな時期に、クリスティーの処女作『スタイルズ荘の怪事件』は書かれたのである。

2・2 新人作家

処女作の出版

クリスティーは薬局勤務をしながら『スタイルズ荘の怪事件』を書き、最後はホテルに二週間ほど泊まって作品を完成させた。それからいろいろな出版社に送って突き返されるというプロセスが繰り返され、ボドリー・ヘッド社から一度お目にかかりたいという返事がきたのは、大戦翌年の一九一九年だった。同社は、オスカー・ワイルドの『サロメ』をオーブリー・ビアズリーの挿絵付きで掲載した高級文芸雑誌《イエロー・ブック》を出すなど一流出版社であり、後にペンギン・ブックス社に発展する。コナン・ドイルのホームズ・シリーズの流行で認知されたミステリについては有望な大衆文学として、出版社も新人を発掘する必要があった。

自分の書いたものが世に出ると有頂天になった彼女は、後で悔やむことになる契約書にサインし、『スタイルズ荘の怪事件』は一九二〇年に出版された。初版二〇〇〇部が売り切れるまでは印税ゼロ、しかも処女作の売れ行きがよければ、新たに五篇をほぼ同じ条件で書くという契約も、まさか履行しなければならない事態がくるとは予想していなかった。プロの作家なぞ夢のまた夢で、何しろ「重大な要点は、本が出版されることだった」のである（『自伝』、傍点も原文通り）。

ところが、二〇〇〇部が完売し、思ってもみなかった五冊を書かなければならない事態が到来する。未だクリスティーのなかでは、姉と一緒に物語を無邪気につくっていた頃の意識が抜けきらない。今度はスパイものに――それも現代のような巨大な国家間でうごめく孤独と不安ではなく、素人の若いカップル、トミーとタペンスが活躍する他愛もないスリラー小説『秘密機関』に――挑戦して出版社にもっていく。相手の編集者は渋い顔をしたものの、次の作品はまた、エルキュール・ポワロを主人公にという約束で受け取ってくれた。

スリラー thriller という言葉は、クリスティーも『自伝』で使っており、他のクリスティー評論でも追随しているが、日本でイメージの強い「怪奇小説」とは違う。「サスペンスに満ちた冒険物語」のことで、英国ではジョン・バカン『三九階段』（ヒッチコックの映画『三九夜』の原作）やジェイムズ・ヒルトン『鎧なき騎士』、ジャック・ヒギンズ『鷲は舞い降りた』、そしてイアン・フレミングのジェームズ・ボンド007シリーズなど、スパイものを中心とした冒険ミステリのジャンルで、映画化も多くされている。

第三作『ゴルフ場殺人事件』は、編集者の希望を入れて、主人公はポワロに復した。舞台は北フランスのカレーに近いリゾート地で、フランス警察のジロー警部とポワロが対決する内容である。ヘイスティングズ大尉とのコンビも堂に入ってきて、高慢なフランス人の鼻を折ってやる話だから、英国人読者が溜飲を下げたのは言うまでもない。『スタイルズ荘の怪事件』を、英国の伝統的村を舞台とした最初の「田園ミステリ」とすれば、『ゴルフ場殺人事件』はリゾート地を舞台とした「観光ミステリ」最初の作品であり、この両輪を今後も彼女が書き続ける序曲といっていい。一流雑誌《スケッチ》から、ポワロで短編シリーズをという連載依頼もきて、作家としての意識と自信も次第に高まっていった。

大英帝国博覧会の使節団

『ゴルフ場殺人事件』を出版した一九二三年、クリスティー夫妻のところに、思いがけない世界一周旅行の話が舞い込んできた。夫の私立学校時代の恩師からの、夫婦で大英帝国博覧会使節団に加わらないかという誘いである。この博覧会は英国と白人自治領、インドや西インド諸島などの植民地が加わり、一九二四年に開催するという。恩師は博覧会事務局の次長を務めており、白人自治領に参加を呼びかける使節団を団長として率いるという。

第一次世界大戦の勝利により、大英帝国は中東の委託統治を含め、版図として世界最大の支配権をもつに至った。中東の盟主オスマン＝トルコ、ドイツを破ったのだから、「転がり込んだ」というに等しい。しかし、大戦で消耗した損害も大きく、工業力はアメリカに抜かれ、自慢の海軍もアメリカはもとより、日本にまで追走されるほど、戦力はレベルダウンした。大英帝国内部でも、アイルランドが勝手に独立を宣言し、南アフリカから白人自治領も、外交権を含む事実上の独立を要求しはじめている。博覧会が企画されたのは、こうした自治領の動きに対し、何とか彼らを大英帝国につなぎとめようという意図からであった。英国で博覧会といえば、一八五一年ロンドン万博が名高く、世界に冠たる大英帝国の威勢を国内外に示したものだが、約七〇年後に開催されたこの博覧会には、帝国の瓦解を何とか食い止めようとする儚《はかな》い狙いがこめられていたのである。

狙いがうまくいくかはともかく、クリスティー夫妻にしてみれば、夫婦で世界一周旅行、それも妻の分もホテル代以外は負担しなくてよいというのだから、こんなうまい話はない。ハッタリが強い恩師の性格を知る夫はしばし躊躇したものの、帰国後の博覧会事務局で働けるポストも約束されたのであろう、現状の仕事に飽きていたこともあって、最終的に同意した。生まれたばかりの長女を姉夫婦に預け、ケープタウン行きの船に乗って出発。最初の訪問国、南アフリカで政府要人から面会を拒否されるなど、旅は早くも珍道中めいてくるが——『自伝』はそうした模様を、団長である恩師の「気まぐれで、とびきり支離滅裂で、なにかにつけ要求の過大な」性格とともに書いている——、次にオセアニアへ向かい、ハワイで一ヶ月遊んだ後、カナダへ渡るといった調子で、現地政府を困らせたり、団長が知り合ったオーストラリア女性を秘書に雇うなどの公私混同を繰り返したりしながら、同年一一月に帰国——まさに丸一年かかった世界一周旅行であった。

使節団はあまり効果をあげず、自治領の参加はおざなりだったが、エージェントだったトマス・クック社の努力で、博覧会には一七〇〇万人の観客が押し寄せた。だが、会期中に南アフリカから自治領側は帝国からの離脱を要求し、慌てた英国政府は、国王を元首とするイギリス連邦制に留まる約束で自治領の独立を事実上認め、一九三〇年の履行を約束した。かくして大英博覧会は当初の狙いが外れて、帝国解体の第一歩となったのである。

アーチーの事務局への再就職も、恩師の空手形に終わって、帰国後の就職先は見つからない。クリスティー家の財政は危機に瀕し、問題解決は作家たる妻アガサの肩——すなわち第四作の執筆に負うこととなった。

アガサは時間もないので、自分がしてきたばかりの世界一周旅行を材料にストーリーを考えた。できあがった『茶色の服の男』は、『秘密機関』につづくスパイ・スリラーで、ロンドン地下鉄での殺人事件に始まり、トマス・クック社手配の船旅で南アフリカへ移り、鉄道でローデシアに赴いたところで大団円を迎えるという内容となった。使節団で旅行してきたばかりの土地を舞台とし、国際陰謀組織の首領には、組織運営が支離滅裂だった使節団団長をモデルとした、ユーモア小説的色彩の濃い作品である。

ポアロを主人公としたミステリをという出版社の要望には沿っていないものの、『茶色の服の男』の売れ行きは好調だった。大英帝国内に舞台を拡大し、海外を回るアイデアは、読者の想像力を刺激するのに充分だったのだ。第一次世界大戦でライバルだったドイツを破った英国は、いまや版図に関する限りでは世界一を誇る。その勢力圏を自分たちも見て回りたい。大英帝国博覧会で露わになった英国人の観光願望を、『茶色の服の男』は、船舶、鉄道、地下鉄など、交通機関の進歩を盛り込んで実現してみせたのだった。

この後、クリスティーは五冊目として、雑誌に発表していた短編集『ポワロ登場』の出版を当てることにより、ボドリー・ヘッド社と結んでいた約束を完結させた。フィルポッツが紹介してくれたエージェントを使っての交渉だったが、かつては自分の書くものが世に出るだけで喜んでいたアガサ・クリスティーも、いまや新進ながら作家としての自信を深め、出版社も新たなところに変えようとしていたのであった。

「英国のどこにでもあるような村」

一九二六年、版元をウィリアム・コリンズ社に変更したアガサ・クリスティーは、同社からのはじめての長編として『アクロイド殺し』を発表した。

この作品がクリスティーの代表作であることに、異論を差し挟むミステリ・ファンは恐らくいないだろう。古今の海外ミステリを対象とした人気投票には、必ずといっていいほど顔を出すし、江戸川乱歩は『アクロイド殺し』をもって「クリスティー最高の傑作」と断じている（「クリスティーに脱帽」）。本書で今まで何度か引用してきた文藝春秋編『東西ミステリベスト一〇〇』の海外編でも第五位だ。

『アクロイド殺し』の特徴は、処女作『スタイルズ荘の怪事件』と同じく、英国の田園を舞台としているところにある。

《わたしたちの村、キングズ・アボットは、英国のどこにでもあるような、ありふれた村である。いちばん近い大きな町は、九マイル離れたクランチェスターだ。村には大きな鉄道の駅と小さな郵便局があり、さらに、あらゆる品物を商う、いわゆる〝よろず屋〟が二軒、競い合っていた。壮健な男たちはたいてい若くして村を出ていくが、未婚の女性や退役軍人はたくさんいる。村人たちの趣味と娯楽をひとことでいえば、噂話である。

キングズ・アボットで大きな屋敷といえば、二軒だけだ。ひとつは、フェラーズ夫人に亡き夫から遺されたキングズ・パドック。もう一軒は、ロジャー・アクロイドが所有するファンリー・パークだ》（アガサ・クリスティー『アクロイド殺し』）

キングズ・アボット村のようすは、六年前に出た『スタイルズ荘の怪事件』のスタイルズ・セント・メアリとも、また四年後に発表される『牧師館の殺人』でのセント・メアリ・ミードともきわめてよく似通っている。まさに「英国のどこにでもあるような、ありふれた村」だ。作家・批評家のコリン・ワトスンによれば、第一次世界大戦後ミステリ作家が好んで舞台としたという「メイヘム・パーヴァ mayhem parva」に他ならない。《そこには信者のよく通う教会があり、派遣されてきた警官たちが安心して泊まれる宿屋がある。駐在所のほかに図書館や公民館もあるだろう。村の店へ行けば除草剤や染髪料も手軽に入手できるはずだ。中心から離れて建っている比較的大きな屋敷には、かんしゃく持ちの大佐や成功した実業家、医者などが住み、一風変わった人物や（同じようなものだが）絵描き、あるいは見映えのしない同居人に威張りちらし、遺書をしょっちゅう書き直している金持ちの老婆なども住んでいることだろう》（『ノスタルジーの王国』）

メイヘム・パーヴァというラテン語まじりの言葉を、どう訳すべきか。高橋哲雄は『ミステリーの社会学』で「めちゃくちゃ村」としている。都市と田園、郊外と田舎、平和と犯罪、穏やかさと殺人といった相反するもの同士が同居している奇妙な村。ロンドンなど大都市に近いので、経済的メリットや便利さなど、都市的便益性は享受できる。同時に周囲は農場、田園、自然で豊かな健康的環境に恵まれている。自足性もある程度あるので、単なる大都市郊外住宅地にはとどまっていない。つまり、都市とも田園ともいえないが、両者の性格が混在した「めちゃくちゃ村」、すなわち田園都市なのだ。

田園都市とは、英国の社会改革家エベネザー・ハワードが一八九八年に自費出版した『明日：真の改革に至る平和な道』、一九〇二年にタイトルと内容を変えて出したその再版『明日の田園都市』で提案した、都市と田園が程よく調和したユートピアである（図1）。実際、第一次世界大戦後、こうした町をつくろうとロンドンから五〇マイルの地レッチワースに田園都市が建設されはじめていた。他方では自然や歴史的環境を民間の力で保全しようとナショナル・トラスト運動も強化するなど、このころの英国はまちづくりの市民運動が勃興した時代でもある。クリスティーが田園ミステリーを書いた時代は、まさにこの時代だった。

実はクリスティー自身、こうしたメイヘム・パーヴァというべき土地に住んでいた。『茶

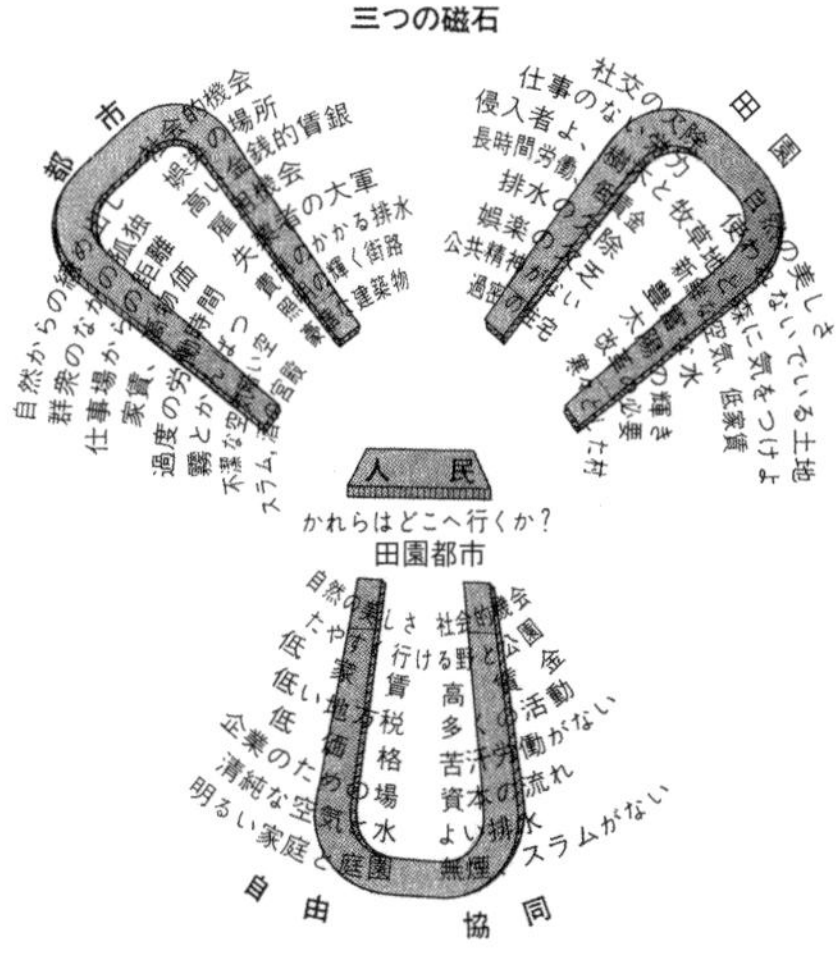

図1　『明日の田園都市』における都市と田園の関係
（東秀紀『漱石の倫敦、ハワードのロンドン』による、一部改変）

色の服の男』が好評で収入を得た彼女は、「田舎に住みたい」と思ったが、ようやくロンドンの金融街シティに職を見つけた夫は通勤しなければならない。そこで二人はバークシャー県サニングデールという村を見つけた。ロンドンから西南二四マイル（三八キロメートル）と少し遠いが、ゴルフコースが近くにあることがスポーツマンのアーチーを喜ばせ、クリスティーは自動車を購入した。こうして二人は駅に近い屋敷を購入し、処女作にちなみ、「スタイルズ荘」と名づけて住み始めることとしたのである。アガサはこの屋敷を最初気に入っていたとみえ、「サニングデールの謎」という短編ミステリさえ書いている（『おしどり探偵』所収）。

キングズ・アボットという村

『アクロイド殺し』の舞台キングズ・アボット村は、スタイルズ・セント・メアリ、セント・メアリ・ミード、そして実在のサニングデールと違って、ロンドンの近郊とは思われない。ロンドン発の「北行き列車」で行くと、この駅が北イングランドの幾つかの都市への乗換地点となっているらしく、その行く先のひとつはリバプールである。イングランド北部には、リバプール、マンチェスター、シェフィールド、リーズなどの工業都市が点在し、周辺にはヨークシャー地方の美しい田園が広がる。今もロンドンのユーストン駅からリバプール行き幹線鉄道で北上すると、他の都市へ行くには、途中クルーCreweという小さな駅で乗り換えなければならない。クルーで乗り換えると、ウェールズ方面、あるいは北イングランド方面に分かれる。キングズ・アボット駅も、クルーのようなジャンクションなのであろう。いずれにしろ、この村はロンドン近辺ではないが、産業革命を担った北イングランド大都市圏の中にあるメイへム・パーヴァといってよい。

では、何故キングズ・アボットに、ポワロはやって来たのだろうか。

それは親友へイスティングズ大尉が『ゴルフ場殺人事件』で知りあった女性と結婚し、新妻とアルゼンチンで農場を経営するため、英国を去ってしまったからである。一人になったポワロは友を失った寂しさを紛らわそうと都会の喧騒から逃れ、田園での生活を――具体的にはカボチャづくりを――楽しむために、この村にやって来た。現在流に言えば、農業体験あるいはグリーン・ツーリズムで、二一世紀初頭のわが国で注目されてきたこの観光のあり方は、英国では早くも一世紀ほど前に行われていたことがあったことがわかる。

しかし、リタイアしたはずのポワロを、事件はどこまでも追いかけてくる。「どこにでもあるような平凡な村」キングズ・アボットで、思いがけず殺人事件が発生し、ポワロもカボチャばかりつくってはいられない。ヘイスティングズ大尉に代わり、隣に住むシェパード医師の協力を得て、ホームズ・ワトスンのコンビよろしく、事件の解決に乗り出すというのが

『アクロイド殺し』の粗筋である。

政府や大手金融機関、富豪などからの依頼が多いポワロだが、『アクロイド殺し』で接するのは、小さな村に住む平凡な村人たちである。噂や詮索の好きな主婦と独身老嬢、現役から引退した軍人、医者、弁護士、といった中産階級のほかは屋敷の秘書、執事や女中といった使用人たちで、近くにあるという都市に通勤している者も見当たらない。むしろ若者たちが向かうのはロンドンのような大都会で、人口は減り、残るは老人たちばかりという過疎化現象は二一世紀のこんにち、日本を襲っている地方の問題と似ている。

キングズ・アボット村は、その中心部に教会、よろず屋、郵便局、ホール、パブ、牧師館、医院などが集まり、アクロイド荘のような屋敷を除いて、人家の多くもこの中心部に集まっているから、村人たちは歩いて他人の家を訪れることができる。庭で編み物をしながら、あるいは家の窓からカーテン越しに、他人たちの動きを確かめられ、そうして得られた情報は、午後のお茶で隣人たちに披露され、推理され、妄想が加味されて新たな噂として広まっていく。物語の語り手シェパード医師が概嘆するように「この村では寄ると触ると噂話」(『アクロイド殺し』)というわけだ。

『スタイルズ荘の怪事件』との違い

『アクロイド殺し』が処女作『スタイルズ荘の怪事件』と決定的に違うのは、シェパード医師の姉キャロラインを中心とした、田舎の村の情報ネットワークが生き生きと描かれている点だろう。つまり『スタイルズ荘の怪事件』では、村や屋敷は単なる舞台だったが、『アクロイド殺し』では、営まれている村人たちの日常や生活、それも労働ではなく噂の伝播に重点が置かれているのである。

《キャロラインは家でのんびりくつろいでいるだけで、いろいろなことを嗅ぎだしてしまう。おそらく使用人や出入りの商人を、諜報部員として利用しているのだろう。姉が外出するときは、情報を仕入れるためではなく、広めるためだった。そちらの方面でも、感嘆するほどの手腕をふるった》(同)

これでは、弟のシェパード医師はたまったものではない。医師という職業上、患者の秘密にあずかることもあるし、殺人事件が起これば、死体の検分も行う。ところが、キャロラインから何か情報が発せられれば、それは弟のシェパード医師から漏れたものと皆にとられかねない。だから、姉との会話にさえ気を付けねばと思うのだが、最近弟たる自分の口が堅くなったとみるや、ポワロにまで直接接触して情報を入手しようとしているようだ。ポワロの方も姉に協力を依頼したり、事件に関する意見を聞いたりしている。これは危ない。二人が勝手に組んだら、捜査は一体全体どうころぶかわからなくなってしまう。迷惑を受けるのはこっちだ。

そう当惑する真面目なシェパード医師だが、作者のクリスティーは、キャロラインもキングズ・アボット村も、決して否定的に描いてはいない。むしろ噂と誤解が広がっていくところに、『アクロイド殺し』のミステリとしての面白さがある。だから、読者はこの平凡で何の変哲もない村を人間的環境と感じ、何か懐かしささえ覚えるだろう。血なまぐさいはずの――クリスティーはそうは描いていないけれど――殺人事件が起きるにも拘わらず、キングズ・アボット村は、二〇世紀を代表する詩人にしてミステリ・ファンだったW・H・オーデンがいみじくも名づけた「エデンの園」(「罪の牧師館：探偵小説についてのノート」)でありつづけている。

わが国では横溝正史が、同じように田舎の村を舞台にしたミステリを書いた。もともとミステリは都市を舞台にするものと信じ、戦争中に岡山へ疎開するときはミステリとの決別を覚悟した横溝だったが、その疎開先でこそ、彼はついに日本風ミステリという積年のテーマに行き着き、カーター・ディクスンばりの『本陣殺人事件』を書いて成功した。

ただ、その後横溝が書きつづけた『八つ墓村』『獄門島』『悪魔の手毬歌』など、日本の田舎を舞台としたミステリは題名が示すとおり、不吉な因習、陰惨、血生臭さに満ちている。まさに第二次世界大戦で死んでいった多くの日本人たちの恨みを含んで、音をたて崩れようとしていた封建社会の幽鬼が支配する世界だ。クリスティーの描く人間的雰囲気に満ちた村、読者が一度は訪ね、住人たちと会って話してみたいと思わせるユートピアとは、対照的である。

『アクロイド殺し』で、ポワロは村中を飛び交う噂やゴシップを、最後にひとつひとつ丁寧に解き明かしていく。そして村人たちが隠し、ひそかに抱いていた不安が殺人事件とは関係のない、杞憂であることを親切に証明してみせる。クリスティーの作品では、容疑者たちそれぞれが常に何か秘密を隠していて、それらは思いがけない結びつきの恋愛関係や小説の隅にさりげなく挿入される過去だったりするが、実際には今起きている事件とは関係がない。ただ、容疑者たちが心配して、誤った解釈と結び付け、怪しげな行動に出てしまっている。事件を解決するとは、犯人が誰かを突き止めるだけでなく、登場するすべての人々を安心に導くことだと信ずるポワロは、誤解を取り除き、明らかになった何組かのカップルの、仲人的役割まで果たす。まるで一九世紀英国の田園を舞台にした閨秀作家ジェイン・オースティンの小説『高慢と偏見』や『エマ』のヒロインのように。

最後に、ポワロは真犯人の正体をあばき、キングズ・アボット村に予定調和的平和を回復させる。『アクロイド殺し』では、何も知らぬ関係者の不幸をおもんばかり、犯人に事故という形での自殺を促しさえする。こうして人々の幸せは保たれ、村は平和と秩序を保つのである。

おそらくキングズ・アボットは今後も相変わらず老人ばかり多く、若い人たちは都会に出ていく過疎の村でありつづけるだろう。しかし、この村の平和はなおもつづくに違いない。実在しないが、人々が夢みる平穏な村。第一次世界大戦の長くつらい戦争から帰ってきた人々、あるいは国内で苦しい日々を送ってきた人々を優しく慰めてくれるユートピア。ここに、クリスティーが『アクロイド殺し』の舞台として、英国の田園を取り上げた理由がある。

2・3　失踪そして再出発

失踪事件

版元をコリンズ社に変えた『アクロイド殺し』は初版四〇〇〇部を出し、一九二六年は幸先の良いスタートで始まった。「プロットがアンフェアなのではないか」という批判もあったが、話題になったこと自体、新人作家にとっては勲章のようなものだから、と友人や編集者から力づけられもした。

だが、彼女はこの一九二六年を『自伝』で「わたしの人生で思いだすのもいやな年」と書くことになる。

先ず、中部イングランドに住む姉夫婦が看病していた母親が亡くなった。夫が母親の葬式に列席もせず、母から譲り受けたトーキーの屋敷の整理も手伝ってくれなかったことから、二人の間に齟齬《そご》が生じ始める。そして愛人ができたから、離婚してくれないか、という夫からの告白。享楽的で子供っぽい男と作家の妻という組み合わせは、いつか破局が来るものだったのかもしれない。

別れ話が持ち出されたその日、夫はサニングデールの家を引き払い、妻は家に取り残された。そしてその夜、アガサは一人自動車で出かけ、翌日近辺で乗り捨てられた車が発見されたが、本人は杳として消息を絶ったのである。

警察は大規模な捜索を行ったものの成果はあがらず、「新進女流ミステリ作家アガサ・クリスティー失踪」のニュースは以後一〇日間、英国中のタブロイド紙をにぎわしつづけた。夫が殺したとか、妻は自殺したに違いないとかの説が飛び交ったが、英国中部、ヨークシャー地方の鉱泉リゾート地ハロゲートのスパ・ホテルに、よく似た女性が投宿しているとの情報が警察にもたらされた。アーチーと警察が現地に急行し、翌日の記者会見で、夫は妻が記憶喪失になっていることを発表した。

この事件の真相については、何冊もの本が書かれ、ヴァネッサ・レッドグレイヴがアガサ役を務めた『アガサ：愛の失踪事件』（一九七九年、監督マイケル・アプテッド）という映画にもなっている。だが、その真相は明らかではない。当のアガサ・クリスティーがこの事件について終生、沈黙を守り続けたからである。

その後アーチーとの話し合いは何度かもたれたものの、結局元の鞘に納まるのは難しかった。夫自身、生活力があるほうではなかったから、娘の養育費用負担も期待できず、クリスティーは作家として「書きつづける」以外、経済的自立の方法は考えられなかった。

雑誌《スケッチ》に発表していたポワロものの中編をオムニバス風にまとめ、八番目の長編『ビッグ４』を急遽出したのは、このためであろう。失踪事件のスキャンダルで関心を集めたせいか、過去最高の初版売り上げ八五〇〇部を記録したものの、その出来は「一時しのぎ」の域を出るものではなかった。むしろ、失踪は、作家として名前をあげるための狂言だったのではなかったのかという噂さえでて、どこへ行くにもマスコミに追いかけまわされた。

何とかミステリ作家として再出発するには、あと一冊長編書き下ろしを仕上げて、自分の実力を示すしかない――しかし、このままではタイプの前に座っていても、一字も書けぬ状態が続く。どこか静かなところで、娘の世話をしながら執筆できる環境が必要だと思ったクリスティーは、娘と秘書を連れ、北アフリカのリゾート地カナリア諸島に行くことを決めた。

二つの方向

一九二〇年代は、クリスティーにとって作家活動を始めたばかりで、自分の力量、テーマを試行錯誤していた時期にあたる。主役も、エルキュール・ポワロだけでなく、おしどり探偵トミーとタペンス、スコットランド・ヤードのバトル警視などを主人公としたシリーズも始め、ジャンル的にも本格ミステリだけでなく、『秘密機関』『茶色の服の男』のようなスパイ・スリラーにも手を染めている。舞台別にしても、『スタイルズ荘の怪事件』『アクロイド殺し』のような田園ミステリか、『茶色の服の男』『ゴルフ場殺人事件』のような観光ミステリか、という二つの道があった。

夫との離婚という現実に直面し、職業作家として生きていく決心をしたとき、クリスティーが先ず書こうと思った長編はどんなものだったろうか。

『自伝』を読むと、最初のボドリー社も次のコリンズ社も、彼女が本格ミステリ以外のもの(つまりスパイ・スリラー)を書こうとすると、あまり良い顔をしていない。本格ミステリ作家としての才能を、編集者たちはよく認識していたのであろう。第一次世界大戦中に英国人が感じたベルギーへの親近感、ヨーロッパ大陸との強まりなどから、エルキュール・ポワロも新しい名探偵像と思えたに違いない。だから、ポワロもので本格ミステリを是非というのが、編集者からのアドバイスだった。

しかし、それでは舞台は？『スタイルズ荘の怪事件』『アクロイド殺人事件』のような田園ミステリか、あるいは『ゴルフ場殺人事件』のような観光ミステリか。それがクリスティーの作家として決めなければならない点であった。

実は田園ミステリとして、彼女はちょうど『火曜クラブ』という短編シリーズを雑誌《スケッチ》に連載し始めていた。ロンドン郊外のセント・メアリ・ミードという小さな村を舞台にし、植民地から引っ越してきた退役軍人や元警視総監といったリタイア層、自然の豊かな地での創作活動や休息を望む作家、画家、女優などのアーチスト、村に住む医師や弁護士などインテリの住人たちが夜に集まり合って、自分たちが過去に経験した事件を毎回紹介し、真相を推理しあうという設定である。

主人公は、ミス・ジェイン・マープルという独身の老婦人。彼女は思慮深く、事件に隠されている謎を見抜く。編み物をしながらの話題は往々にして、不器用な若い女中、デザートの作り方、昔死んだ友人の思い出など、たわいもなく脱線するが、やがて本筋に戻り、事件の真相を解き明かす。彼女の性格づくりには、『アクロイド殺し』のキャロラインと自分の祖母をイメージした、とクリスティーは後に述べている。

連載した短編一二編に書き下ろし一編を加え、『火曜クラブ』は短編集として一九三二年に出版された。序文を付し「ミス・マープルの話は、書いていてとてもたのしかった」と自己の心情を吐露している。そこでクリスティーが語っているのは、このミス・マープルに自分は「ポワロとどっちかというほど」の高いランクをあたえており、しかも「どちらかといえば、ミス・マープルのかたをもつ」とまでの思い入れがあることである。

『火曜クラブ』を短編集として出版する二年前には、ミス・マープルを主人公とする長編『牧師館の殺人』（一九三〇）も既に出していた。ここで描いているセント・メアリ・ミード村の様子は（初版には絵までついている）、そのまま『アクロイド殺し』の舞台キングズ・アボットといっても通用するほどだ。村の中央にある教会と牧師館、郵便局を兼ねた「よろず屋」、一階がパブの旅館、少し離れて屋敷と駅など、典型的英国の「村」である。

田園を舞台としたミステリの主たる探偵として、クリスティーがミス・マープルを考えていたことは、ほぼ間違いがない。ただ『火曜クラブ』、『牧師館の殺人』と短編集・長編を相次いで書いての結論は、ミス・マープルの「本領はみじかい謎ときの場合にとくに発揮される」（同）が、どうも長編では単調になり、難しいということであった。もう少し、舞台をセント・メアリ・ミードだけでなく、よそにも展開させ、ミス・マープルを屋外に出して活躍させる必要があったのである。

更に、クリスティーには、自分として何を書きたいということもさることながら、プロの作家として何を「書くべき」か、時代のニーズをどう読み取るか、という問題があった。

時代は一九二〇年代、まさに「観光の時代」である。その時代に自分は『スタイルズ荘の怪事件』『アクロイド殺し』といった田園ミステリで、実績を積み上げてきたけれど、もっと広範囲に海外の観光地、植民地を回らせたほうがよいのではないか。それもトミーとタペンスを主人公としたスパイ・スリラーではなく、編集者のアドバイスする探偵エルキュール・ポワロに旅行させることによって。たとえば、ポワロの故国の会社が運行しているオリエント急行や青列車に、彼を乗せてみよう。

それが、マスコミに追いかけまわされて傷つきながら、なおも作家として書き続けなければなかったアガサ・クリスティーの決意だった。

観光の時代

《わたしは新作小説『青列車《ブルートレイン》の秘密』のもっともいい部分をカナリア諸島滞在中に何とか書き上げた。なかなかこれは容易ではなかった》（『自伝』）
『青列車の秘密』は、クリスティー八番目の長編として、翌一九二八年に出版される。まさにアーチーとの離婚が、何度かの話し合いの後、決定した年にあたり、クリスティーとしては必ず書きあげねばならず、しかも良い評価を受けなければならない作品だった。「何とか書き上げた」の次に「なかなかこれは容易ではなかった」という文章が続くのも頷けよう。幼い子を一緒に連れていったとなれば、秘書にその面倒をみてもらったとしても、負担は大きかったに違いない。だが、子と親しむことが、作家として自立しようという決意を更に高めることにもなったはずである。

『青列車の秘密』について、クリスティーは後に「最悪の作品」（F・ウィンダム「クリスティー語る」）とし、「あのいまいましい小説」（『自伝』）と終生呪い続けた。彼女が、これだけ自作を酷評している例は他にない。筆者の好みでいえば、『青列車の秘密』は最大傑作には入らぬまでも、平均レベルを優に越えていると思う。わが国で今でも複数の文庫に収録されている人気作だし、貶《けな》すのなら、もっと他の作品があるはずだ。クリスティー自身の酷評には、作品の出来栄えよりも、書いていたときの自分に関する思い出がまとわりついているからに違いない。

『青列車の秘密』のあらすじは、次のようなものである。

英国からの連絡船が到着する港町カレーからパリ経由、南仏に向かう豪華特急列車青列車の中で、アメリカ人の億万長者の娘が殺され、彼女がもっていた宝石「火の心臓」が盗まれる。列車には、被害者の夫、新しい愛人など関係者たちがたまたま同乗しており、夫が逮捕されるが、宝石は見つからない。そこで青列車に乗り合わせていたポワロが、被害者の父である富豪に真犯人をつきとめてくれと依頼される――。

ヨーロッパの上流社会、豪華特急列車、パリやロンドンの一流ホテル、南仏の高級リゾート地、いわくつきの宝石、爵位をもつ容疑者、稀代の怪盗、そして意外な犯人と巧みなトリック。『青列車の秘密』はこのあとクリスティーの観光ミステリに使われるさまざまなツールがふんだんに――というより、むしろ過剰なほど――提示されている。如何にも好景気で狂熱に満ちた一九二〇年代の作品らしい。

それまでのクリスティーのミステリになかったセレブ的雰囲気が、この本には満ちている。今まで登場人物たちがしてきた観光とは、精々なけなしの金をはたいて客船一等の切符を買うとか、北フランスのホテルでゴルフを楽しむといった、いかにも中産階級的なものだったのだ。

しかし、時代は一九二〇年代、世界大戦後の好景気に皆が浮かれ、贅を競った時代だ。もはや田園への憧憬といった慎ましさでは物足りず、苦しかった戦争を忘れ、平和と豊かさが未来永劫つづくと信じられた頃である。大戦で連合国の勝利を決定づけ、世界最大の強国となったアメリカの富豪や資本家たちは、強いドルをもってヨーロッパに押し寄せ、企業を買い占め、宝石や骨とう品を買いあさり、ヨーロッパ中を大名旅行して、享楽にふけった。若者、芸術家たちも、パリやロンドンにやって来て、アーネスト・ヘミングウェイやスコット・フィッツジェラルドら「失われた世代」の作家たちのように住み着く者たちもいた。アメリカ人ほどではなくても、大戦の戦勝国だった英国、フランス、日本の者たちも、そうした豊かさを楽しむことができた。

そう、時代はまさに「狂熱の一〇年」だったのである。それまで上流階級に独占されていた観光が中産階級にも広がり、単に名所旧跡を見て回るだけでなく、上流階級の贅沢さを束の間のライフスタイルとして追い求めるようになったのだ。特急寝台列車、豪華客船、旅客機などの交通基盤、リッツやサヴォイの高級ホテル、地中海沿岸や中東のリゾート地そしてトマス・クックの旅行社などが、その贅沢さの供給者だった。

代表的例が、ベルギーの「国際寝台車会社 **Compagnie internationale des wagons-lits**」（通称ワゴン・リ社、以下この名称で呼ぶ）が運行させていた青列車である。

ワゴン・リ社はベルギーの実業家ジョルジュ・ナゲルマケールスがアメリカの大陸横断鉄道にヒントを得て、一九世紀後半にヨーロッパ各国の鉄道レールと機関車を使って、国際寝台車両を走らせたことから始まる。その結果、パリ―ウィーン間、ブリュッセル―ベルリン間など、外国の首都をつなげ、片側通路にドアを閉め切ったコンパートメント（車室）形式の高級寝台車が運行された。

ワゴン・リ社が特に力を入れたのが、ヨーロッパの主要都市とトルコのイスタンブールを結ぶオリエント急行、そして英国からの観光客用に、ロンドンからの連絡を考慮して北仏の港町カレー発とし、パリ経由で南仏沿岸リヴィエラのリゾート地帯へ向かう青列車の二つである。特に後者は、一九二二年に導入された鋼製寝台車の車体が、青字に黄帯で塗装されているのを名前の由来とし「富豪専用列車」(『青列車の秘密』)の異名さえあった。

実は『青列車の秘密』が出版された一九二八年、ワゴン・リ社は英国の旅行社トマス・クック社の株式を創業者一族から取得し、傘下に収めたばかりだった。近代ツーリズムの祖といわれ、欧米の富豪、貴族に利用され、世界一の旅行取扱額とトラベラーズ・チェック発行量を誇る「大英帝国のトラベルエージェント」が、ベルギーという一小国の観光業にのみこまれるなど、まるでエルキュール・ポワロの活躍を地で行っているようなものだった。

『青列車の秘密』の構成

小説としての『青列車の秘密』は二重の構成になっており、一つの軸は青列車で勃発する殺人、もう一つはたまたまその列車に乗り合わせたキャサリン・グレーという三〇代の英国人独身女性のメロドラマである。この女性は英国の何とセント・メアリ・ミードという村(しかし、ミス・マープルの住むロンドンの南西ではなく、南東のケント州にあるとされている)に住んでいるが、話し相手となっていた老婦人が亡くなったことにより、多額の遺産を受け取った。それでトマス・クック社で青列車の一等切符を買い、南仏のリゾート地で子爵未亡人として豊かに暮らしているはずの従姉を訪ねる途中、車中で事件に遭遇するというわけである。一九三〇年代から、クリスティーはメアリ・ウェストマコットという名でロマンス小説を書き始めるが、時を合わせたかのように、『雲をつかむ死』『ナイルに死す』『杉の柩』など、ミステリにもロマンス的要素を加えた傾向がみられてくる。『青列車の秘密』はその初めてのものであろう。

キャサリンはおとなしいが聡明で、観察眼が鋭く、時として述べる意見は説得力がある。それまでのクリスティー作品の女性たちが、タペンスのように活動的でおきゃんだったのと比べると、はるかに思慮深い。ポワロのように理詰めではないが、邪悪なものを見抜く一種の勘をもっていて、若い頃のミス・マープルはこんな女性だったのではないかと思わせるほどだ。セント・メアリ・ミード村という住所は、名前だけが同じで地理は違うけれども、あるいはクリスティーが仕掛けた隠喩かもしれない。

物語の最後で、キャサリン・グレーはセント・メアリ・ミードへと帰り、彼女を愛する男が後を追うが、ハッピー・エンドは約束されていない。アーチーを思わせる「永遠に大人にならない子供のような」相手の男の性格が治らないという懸念は、拭い去ることができないからだ。そのため『青列車の秘密』のロマンスは、結果がはっきりしないまま終わる。あるいは、この点が後のクリスティーに、不満足を覚えさせたところであったかもしれない。

「プリマス行き急行列車」との類似点

『青列車の秘密』には、もう一つの軸、つまり殺人事件のほうにも、問題点がある。

実は殺人について、クリスティーは、既に同じストーリーをもつ短編を書いていた。「プリマス行き急行列車」という作品で、殺人が起きるのは南仏ニースに向かうワゴン・リ社の青列車ではなく、イングランド南西部の港町プリマスに行く英国国内の急行列車である。しかし、殺人現場がコンパートメント室内で、被害者がアメリカ富豪の娘、同時に宝石がなくなるなど、粗筋はほぼ同じといってよい。被害者の愛人か夫かが、最初容疑者として絞られるが、真犯人は別におり、トリックなどのプロットも似通っている。そもそも、愛人、メイドといった登場人物たちの何人かの姓も、似ているか全く同じで、長編にするときに変えてもいないのだ。こういうところなど、如何にもおざなりな印象をあたえ、もう少し気を入れて命名できなかったのだろうかと思える。

《まず第一に、書く楽しさがなかった。何の熱情もなかった。筋を考える——月並みな、一部は自分のべつの小説から取ったものだった。いうなれば、行く先はわかっていても、頭の中に場面が浮かんでこないし、人物が生き生きとしてこない。ただわたしはもう一つ小説を書いて金を作ろうという欲求というか、必要に迫られてめちゃくちゃに駆りたてられているだけであった》（『自伝』）

そう告白しているように、余裕もなかったのか、あるいは気力も沸き起こらなかったのか。さすがにクリスティーも恥ずかしかったとみえて、「プリマス行き急行列車」を英国で本として出したのは、雑誌発表の約五〇年後、晩年に出した短編集『ポワロの初期の事件』の一つとして収録という形である。

「観光ミステリ」の出発点

このような不満が残ったとしても、『青列車の秘密』が一九三〇年代に開花する観光ミステリの輝ける先駆であることに変わりはない。一九二〇年代のクリスティーはいろいろなジャンル、舞台を試し、それは文字通り、試行錯誤への旅であった。観光ミステリの最初は『ゴルフ場殺人事件』だが、その出来からいっても、『青列車の秘密』は『オリエント急行の殺人』『ナイルに死す』と続く、本格観光ミステリの出発点である。

キャサリン・グレーの性格が、それまでのクリスティーのヒロインのように、元気いっぱいの積極的性格でなかったのは、離婚と新作書き下ろしというプレッシャーの下にあった、当時のクリスティーの心持ちを反映しているのだろう。しかし、たとえいろいろな点で不満であっても、『青列車の秘密』は『ビッグ4』より、大きな手ごたえを彼女にあたえた筈だ。これこそ、世界大戦を終えた現代、すなわち観光の時代におけるミステリとして、自分が書き続けていくべきものだ、と。

『青列車の秘密』のラストで、失恋したレノックスという少女が「汽車って、無情なものだわ、人が殺され、死んでも、相変わらず走りつづけるんですもの」と漏らすのに対し、青列車の汽笛が遠く響くなか、ポワロは思慮深い父親のような態度でこう力づける。

《「人生は汽車ですよ、マドモアゼル。走り続けるんです。それはいいことですよ」

「どうして」

「汽車は最後には旅の終着駅に着きます。あなたがたの諺にそういうのがありますよ、マドモワゼル」

「〝旅路の果てに恋人〟ですか」レノックスは笑った。「わたしの場合は当てはまりません」

「いいえ――違いますよ。当てはまります。あなたはお若い、ご自分で思っていらっしゃる以上にお若い。汽車を信じなさい、マドモアゼル。汽車を走らせているのは神《ル・ボン・デュ》なのですからね。（中略）そして最後にエルキュール・ポワロをお信じなさい――彼は何でも知っていますよ》（『青列車の秘密』）

ここでは力づけている者も、力づけられている者も、クリスティー本人だ。母の死、離婚、苦しい執筆。そしてこれからの作家としての未来も、茨の道だろう。しかし、彼女はこの汽車に乗って更に進むしかない。人生を、すなわち汽車を。そしてエルキュール・ポワロ、すなわち彼女が創造した名探偵を信じて。

自分を支えてくれた秘書と犬のピーターに捧げられた『青列車の秘密』は好評を得ることができ、初版として七〇〇〇部を売り切った。前作の『ビッグ4』が失踪事件による好奇心によるものだとすれば、今回の好評はもはやスキャンダルだけではなかったが、未だ安心はできない。もっと自己を研鑽し、書いていかなければ。

《このときがわたしにとってアマチュアからプロへ転じた瞬間であった。プロの重荷をわたしは身につけた》(『自伝』)

そうして、彼女の観光ミステリ作家としての絶頂期ともいうべき、一九三〇年代がやって来た。

第三章

異郷の旅——一九三〇年代

3・1 中東

ひとり旅

『青列車の秘密』を書きあげたアガサ・クリスティーは、原稿を出版社に渡すと、ひとりで海外旅行を決めた。とにかく休みたい。そしてこれからの執筆分も構想しておかねば。『秘密機関』『チムニーズ館の秘密』など、スパイ・スリラーに編集者はあまりいい顔をしてくれないが、作者としてはそれほど悪くないと思っている。本格ミステリと比べ、トリックの整合性をとる必要がないから、気楽で書きやすく、精神のバランスをとるのにもいい。次作に『チムニーズ館の秘密』続編はどうだろう。ロンドン郊外のチムニーズ館でまた殺人事件が起こり、再び活動的な若い女性バンドルが国際陰謀団の企みを打ち砕く――いいと思うけどな。そんなことを考えながら、彼女はピカデリー・サーカスに近いトマス・クック社本店に出かけて、あれこれ迷った挙句、西インド諸島のジャマイカ行切符を手配した。

そのジャマイカへの出発二日前、クリスティーはロンドンの知人に夕食に招かれ、若い海軍中佐の夫妻に紹介された。テーブルの前と隣に座った彼らは、自分たちが最近まで駐留していたバグダッドが如何に素晴らしいところであるかを話した。中東は危ないと皆がいうけれど、実はそれほどではない。何しろ古代遺跡は一見の価値があると力説する夫妻の話を聞いて、クリスティーは強く興味をひかれた。

「でも、船で行かなくてはいけないのでしょう？」

実はクリスティーは船酔いが苦手だった。

「列車でいけますよ……オリエント急行で」

「オリエント急行……」

正確には、シンプロン＝オリエント急行。青列車と並ぶワゴン・リ社の主力路線である。鉄道会社がレールの上を機関車で走らせ、ワゴン・リ社が豪華寝台車、食堂車をつないでいるシステムは同じだが、フランス一国にとどまる青列車と違い、オリエント急行は西ヨーロッパから東欧のバルカン半島を南下して、中東の入口イスタンブールに至るという、夢の観光列車だ。オスマン＝トルコ時代まで、公称はコンスタンティノープルだったのが、第一次大戦後トルコ共和国になってからはイスタンブールという、今までの俗称が正式な地名ともなっていた。

（あの列車には是非一度、乗ってみたいと思っていた……）

旅先だけでなく、オリエント急行という乗り物のほうにも、クリスティーは強く魅せられた。ロンドンのヴィクトリア駅からドーバーまで列車で向かい、英仏海峡を連絡船で渡って、フランスのカレーから青列車に乗ったとき、隣のプラットフォームで待っていたオリエント急行の豪華な紺地の車体を見て、是非一度乗ってみたいと思っていたのである。

「特にイラクではウルに行かれるべきです。あそこはレオナード・ウーリー氏率いる英国の発掘隊がいますから」

ウルといえば、シュメール文明の都市国家の一つで、アブラハムの生地として『旧約聖書』にも登場する古都だ。その地名自体が「urban（都市の）」という形容詞の原語といわれる。一〇代のころエジプトに母と一緒に行ったときは、ピラミッドも博物館も訪れなかったクリスティーだが、ウルでの王宮墓地発掘については先日《イラストレイテッド・ロンドン・ニューズ》誌で記事を読んだばかりで、考古学を勉強してみたいと思っていたところだった。

「ウーリー氏は友人ですから、ご紹介の手紙を書きます」

と海軍中佐は言った。

「ええ、お願いします。わたし、メソポタミアは是非訪れてみたいと思っていました。それにオリエント急行にも乗りたいと……」

翌朝、クリスティーは大急いでトマス・クック社に行き、ジャマイカ行をキャンセルして、オリエント急行の鉄道切符に買い替えた。あわせてヴィザの手配も頼み、四、五日で出発できる手筈も整えた。

「女ひとりで中東へ？　誰もお知り合いがいらっしゃらないのに大丈夫ですか？」

事の次第を聞いた秘書が呆れ顔で言ったが、クリスティーは明るく答えた。

「平気だわよ。『青列車の秘密』のラストでも書いたでしょ、走り続けるのよ。走る汽車を信じれば、ポワロが言ったように〝旅路の果てに恋人〟だわ」

確かに、彼女はそうすることによって「〝運命〟と出会うことになる」（『自伝』）のだった。

夢の豪華列車

オリエント急行がワゴン・リ社によって、パリ―イスタンブール間を開通したのは四五年前の一八八三年一〇月四日である。

開通のときからして大変だった。五両編成の豪華列車に乗った招待客たちはパリ東駅を多くの人に見送られて出発し、フランスやドイツ、オーストリアを通っている内は、食堂車で美酒と料理に舌鼓を打ったものの、ルーマニア国境のジュルジウという小さな駅で下ろされてしまったからである。そこからは小船に乗り換えてドナウ河を渡り、対岸からローカル列車に揺られて七時間、黒海沿岸のヴァルナからはまた船に乗せられて、船首から船橋の階段までを埋め尽くしたトルコへの難民と同乗すること一八時間、ようやくイスタンブールに到着したのは、パリを出発して六日目だった。行き着いた先で見たアヤ・ソフィア寺院の丸屋根、回教モスクの尖塔、さまざまな人と民族が集まる市場の雑踏は、ヨーロッパ人の夢みた異国そのものの姿であったけれど、バルカン半島を縦貫する鉄道は未だ直通には程遠かったのである。

これは各国個別に鉄道建設が進められていたからで、パリ―イスタンブール間がようやく直通になったのは六年後の一八八九年、これで所要時間も三日に縮まった。

一八九〇年代には本格的な直通運転となり、パリ始発、シュトラスブルク、ウィーン、バルカン半島南下というそれまでのルート以外に、英国からの客向けということで、英仏連絡船の停まる北仏カレーを始発にしてパリを経由するルート、同じく英仏海峡に面するオステンデ（ベルギー）始発でケルン、フランクフルトを経由し、ウィーンで連結というルートなどもできた。

だが、ここで新たな難問が起こる。さまざまな民族、宗教が入り乱れる「火薬庫」バルカン半島では、ゲリラや盗賊団による駅・列車の襲撃、乗客や鉄道員の誘拐拉致が頻発し、天候不順や疫病の流行などでも列車がよく止まったからである。アガサ・クリスティー自身も後に自然災難に見舞われて、立ち往生を経験し、これが『オリエント急行の殺人』執筆につながる。

災害だけではない。直通便が完成し、利用者も多くなると、今度は政治問題が噴き上げてきた。中東に触手を伸ばすドイツ帝国のウィルヘルムⅡ世が、自分のオスマン＝トルコ訪問に、何度もベルリン始発で特別便を走らせるなど、オリエント急行を「3B政策」推進の中心軸としようと狙う。3Bとは、ベルリン、ビザンチウム（イスタンブールの旧称）、バクダッドを意味し、皇帝はワゴン・リ社にオリエント急行のルートをドイツ中心に変更するよう要求したのである。ベルリン始発を増やすだけでなく、バルカン半島の鉄道をドイツ国立銀行の支配下に置き、イスタンブールからバグダッドまで延長するための路線も、ドイツが中心となって工事し始めた。

二〇世紀初頭のオリエント急行は、今やヨーロッパの政治、経済の中心軸となり、乗客たちの構成も各国の王侯貴族、富豪、外交官、高級官吏が主となった。アール・デコ風の装飾をちりばめた車内は宮殿を再現したかのようで、パリ―イスタンブール間の一等寝台車・乗車賃の合計は、執事一人の一年分の給料に匹敵したという。

第一次世界大戦で列車運行は休止され、鉄道は兵力移動に、そしてワゴン・リ社の豪華車両は両陣営に接収されて、野戦司令部などに転用された。一九一八年一一月一一日、パリ郊外コンピエーニュの森で、ドイツ軍が事実上の降伏を意味する休戦協定書に署名した場所は、何とオリエント急行の食堂車両だった。二二年後の第二次世界大戦で、アドルフ・ヒトラーがその車両を探し出してきて、同じコンピエーニュの森で、フランスに降伏文書署名を行わせた話は有名だ。

ヴェルサイユ講和条約で、オリエント急行はドイツ、オーストリア両国内を通過しないことと決められ、今までウィルヘルムⅡ世の反対で通れなかったスイス・イタリア間のアルプス山脈を貫くシンプロン・トンネル（一九〇六年に、工事は既に完了していた）を利用できることとなった。クリスティーがオリエント急行に乗ったのは、講和条約発効八年後で、カレー―パリ―ローザンヌ―（シンプロン・トンネル）―ミラノ―ヴェネツィア―トリエステ―ザグレブ―ベオグラード―ソフィア―イスタンブールというルートだったことが、『自伝』から窺われる。よって大戦後のオリエント急行を、正式にはオリエント＝シンプロン急行と呼ぶ。

乗客も今までの上流階級だけでなく、世界大戦後の好景気で潤った戦勝国英米仏日の観光客、軍人、ビジネスマン、技術者など中産階級にも広がった。しかも、クリスティーがオリエント急行にはじめて乗ったのは一九二八年の秋で、ニューヨークのウォール街大暴落が起きる一年前、バブル景気が絶頂にあった狂熱の時期である。彼女が小説で書いたように、それはさまざまな国籍と階層の人々が乗客として乗り合わせる夢の国際超特急であった。

メソポタミアとの邂逅

『自伝』によれば、アガサはカレーからオリエント急行に乗った途端、コンパートメントで、バグダッド在住の英国人夫人と一緒になっている。鉄道の旅は退屈だから途中トリエステ（イタリア）で自分と一緒に降りて船旅に変えたほうがいいとか、バグダッドは危険だから、わたしの家に泊まりなさい、そうしたら現地の英国人たちと毎日テニスを楽しめます、といった親切な忠告をやり過ごしながら、クリスティーはバグダッドまでの旅先で会った英国人男性との小冒険《アヴァンチュール》を楽しそうに描いている。イスタンブールでトマス・クック社にガイドを依頼してみると、観光案内だけでなく、いろいろ寄ってくる現地人たちを巧みに裁いてくれるなど、雇った価値もあった。シャーロック・ホームズ・シリーズで書かれたころと比べ、「女の一人旅でもトマス・クックに任せれば安心」という同社のキャッチフレーズは、今や信じてもよいようだ。

トリエステで別れたはずの英国人夫人には、バグダッドに着くなり再会してしまい、帰国までの日を毎日テニスで過ごすという「まるで英国にいるような親切なもてなし」を、クリスティーは危うく受けそうになる。しかし「わたしの望んでいた旅ではない」からと丁重に断り、アガサは海軍中佐夫妻が紹介してくれたウルの発掘現場に、早速向かうこととした。

広大な砂の海とチグリス河を背景にした、ピラミッド形の神殿ジッグラトの風景、王宮墓地の発掘、現在の町の市場などは、まさに夢みたオリエントそのものだった。更に、クリスティーにとり、興味深いのは発掘隊の人間関係である。夫を含むスタッフの男たちの上に君臨する隊長夫人はじめ、発掘隊の人びとの姿は、八年後に発表された『メソポタミアの殺人』で如実に再現されている。このミステリを必ず読んだと思われる発掘隊の人びとは、自分たちがモデルになっていることを知って、どう感じただろうか。特に、小説の中では隊長夫人など「うまくいっているようなものを、ぶち壊して喜ぶような女」とまで書かれた挙句、殺害されてしまうのだ。

もっとも、心配は不要だったかもしれない。発掘隊のメンバーで、クリスティーの二番目の夫になるマックス・マローワンは後に「幸いにというか、予想通りというか、夫人はまさかそのミステリで殺される発掘隊長夫人のモデルが自分だとは、全く気づかなかった」(**Mallowan,M.** ***Mallowan's Memoirs : Agatha and the Archaelogist***)と書いているからである。

なお、よく誤解されることだが、クリスティーが未来の夫マックス・マローワンにはじめて会ったのは、このときではない。ウルが気に入ったクリスティーは隊長夫人の招きにより、二年後の一九三〇年にも訪れ、そのときに隊長の補佐となっていた、二六歳の若い考古学者と知り合ったのである。自分より一四歳年下の若者を、彼女が気に入った理由は、発掘隊内での複雑な人間関係への（特に彼を可愛がっていた隊長夫人への）、マローワンの巧みな身の処し方だった。年齢差が気になったものの（隊長夫人は二人のことを知るや、結婚まで二年の冷却期間を置くよう、マローワンに命じた）、その年九月に二人はエディンバラで密かに結婚式をあげる。

以後、彼女は第二次世界大戦が始まるまで、毎年夫の働く発掘現場に出かけ、年にほぼ二冊というペースでミステリを書き続ける。結婚は作家アガサ・クリスティーに精神的落ち着きとミステリのテーマという、両方をあたえたといっていい。

一九三〇年代の作家活動

ここで結婚後の一九三〇年代におけるクリスティーの作家活動を、予め概観しておきたい。『アクロイド殺し』により、毀誉褒貶《きよほうへん》はあったものの、クリスティーはミステリ作家として一般に知られる存在となった。同じ一九二六年の失踪事件により、世の注目さえ浴び、恐らくその故であろう、『ビッグ4』『青列車の秘密』『七つの時計』といった一九二〇年代末に出した作品は、いずれも新人作家には破格の初版八〇〇〇部前後の売行きを示した。

しかし、マローワンと結婚した一九三〇年に入ると『牧師館の殺人』は五五〇〇部と、以前のレベルに戻ってしまっている。決して『牧師館の殺人』が劣った作品だったわけではない。ミス・マープルものの記念すべき最初の長編であるばかりでなく、謎解き、舞台である英国の村という設定も優れている。売上げ部数が減ったのは、むしろ「すでに例の思いがけぬ宣伝の効能は薄れ」て（E・ウォルター「売行き倍増事件」）いたこと――つまり、失踪事件から四年がたち、一時のマスコミ的興味だけでは、本を買ってもらえなくなっていたのである。クリスティーは再び、ミステリ作家たる実力を示さなければならない時期にさしかかっていたのだ。

だが、この一九三〇年代を、クリスティーは実に堂々と切り抜ける。

先ず、書いた作品が傑作ぞろいであった。『東西ミステリーベスト100』に入っているクリスティーの作品が五編に及ぶと書いたが、このうち『アクロイド殺し』を除く他の四編、すなわち『そして誰もいなくなった』『オリエント急行の殺人』『ABC殺人事件』『ナイルに死す』が、いずれも一九三〇年代の作品である。これらは必ずしもクリスティーのファンでなくても、読んだか、少なくともその存在は知っている人は多いだろう。

これら四作品と比べると、一般的人気は少し低いが、『牧師館の殺人』『邪悪の家』『三幕の殺人』『死との約束』、短編集『火曜クラブ』『パーカー・パイン登場』なども秀作で、まさに一九三〇年代はクリスティーにとって、質の高い作品を生み出した黄金時代だったといえる。

一九三〇年代は質だけでなく、書いた量自体もすごかった。発表した長編ミステリ合計一七編は、他の年代を圧倒し、ほぼ毎年二作近いペースで、世に生み出していたことになる。一九三六年のように『ABC殺人事件』『メソポタミアの殺人』『開いたトランプ』と長編三編を発表した年や、一九三四年のように『オリエント急行の殺人』『なぜエヴァンズに頼まなかったのか?』の長編二編に加え、『リスタデール卿の謎』『パーカー・パイン登場』の短編集二編、更にはメアリ・ウェストマコット名義でのロマンス小説『未完の肖像』一編と、一年で合計五冊出している年もある。プロとしての自覚という言葉だけでは済まされないほど、執筆意欲にみなぎった時代だったのだ。

一七編を第一章で紹介したグループ分類別にみると、観光ミステリが九編と多く、残りは田園ミステリが六編、都市ミステリが二編である。先ほどあげた『東西ミステリーベスト100』の一九三〇年代四作品も、すべて観光ミステリだ。つまり、われわれがアガサ・クリスティーにもっているイメージは、この一九三〇年代に負っているのである。

しかも、観光ミステリ九編のなかで中核を占めているのが、『オリエント急行の殺人』『メソポタミアの殺人』『死との約束』『ナイルに死す』など中東に関連した作品群である。長編だけでなく、一九三四年に出た短編集『パーカー・パイン登場』などは、後半に収録されている短編六編はすべて中東が舞台だ。

要するに、一九三〇年代のクリスティーは、他年代を質量ともに圧倒する長編ミステリを書き、その内容は観光ミステリが半数以上を占め、なかでも中東を核としている。これが、若きオリエント考古学者との結婚による影響でなくて何であろうか。

『オリエント急行の殺人』執筆の経緯

その中東もの第一作というべき『オリエント急行の殺人』は、次のような経緯で書かれた。ジャネット・モーガン『アガサ・クリスティーの生涯』（以下『生涯』と略す）は、作家の死後、クリスティー財団の依頼によって書かれた、いわば正統的伝記にあたるが、そこでモーガンはクリスティーの書簡を調査した結果、『オリエント急行の殺人』執筆の直接的理由を一九三一年冬の体験に求めている。

この年、夫と中東の発掘現場で過ごしたクリスティーは、クリスマスを目前にしてロンドンに一人帰るため、オリエント急行に乗ったが、イスタンブールを出発した翌日未明、付近の洪水の影響で停止したままとなった。車内には、「娘は大丈夫といって旅立たせてくれたのに」と、おいおい泣き出すアメリカ婦人、無口な北欧の女性宣教師、大柄で愉快なイタリア人、おしゃべりなブルガリアの女性、ハンガリーの大臣夫妻、気難しい英国の老紳士と人のよさそうな妻、禿げ頭の小柄なドイツ人など、さまざまな国のさまざまな人々が乗っていた。たまたま同じ列車に乗り合わせたワゴン・リ社の重役が、適確に乗務員を指導してくれなければ、乗客たちはパニックに陥っただろう、とクリスティーはロンドン帰宅後、中東の夫に出した手紙に書いている。

特に興味をひくのは、この手紙に登場する乗客たちの面々が、三年後に発表される『オリエント急行の殺人』の登場人物と、ワゴン・リ社重役を含め、かなり似通っていることだ。相違点といえば、小説では、亡命ロシア貴族の老婦人や、被害者となるアメリカ人の富豪一行などが加えられて、セレブ的雰囲気が増幅されていること、そして頭の禿げた小男がドイツ人ではなく、どうやらわれらがエルキュール・ポワロに変わっている点であろう。

乗客の多彩さは、実は『オリエント急行の殺人』の最も重要なポイントである。このミステリはオリエントという言葉をタイトルに含みながら、中東の描写はほとんどなく、わが国の旅情ミステリのような観光地解説もない。冒頭ポワロはシリアを発ち、イスタンブールで二、三日観光するつもりだったが、急な電報で帰らねばならなくなり、一泊もせぬままパリ行のオリエント急行に飛び乗る。以後、話はずっとオリエント急行の車内——多くは食堂車内——で進み、わが国の旅情ミステリにあるような現地の観光ガイドブック的要素は少しもない。

にも拘わらず、このミステリには濃密な観光的情緒が立ち込めている。それは作中で、ワゴン・リ社の重役ブークが（何と社名までが明記されている！）、オリエント急行を舞台に小説を書いたら、という仮定でポワロに語る言葉が、この列車の特質を言い当てているからに他ならない。

《「まだ誰も書いたことがないと思いますよ。だが——おもしろい小説になることでしょう、友よ。あらゆる階級、あらゆる国籍、あらゆる年齢の人々が集まっている。これから三日間、この人々が、知らない者どうしが、一緒に過ごすことになる。ひとつ屋根の下で眠り、食事をする。離れて過ごすことはできない。その三日間が終わると別れていく。それぞれの目的地へ向かい、おそらく二度と会うことはない」》（『オリエント急行の殺人』）

「まだ誰も小説に書いたことがない」というのは誤っている。一九二五年フランスの作家モーリス・デコブラが『寝台車のマドンナ』を、一九三二年に英国の作家グレアム・グリーンが『スタンブール特急』（スタンブールはイスタンブールの別称）を発表しているからだ。ことにグリーンの作品は、あたかも列車自体を主人公とし、乗客たちを群像的に描いた作品で、クリスティーに執筆のヒントをあたえたように思われる。グリーンのとった手法こそ、クリスティーが『青列車の秘密』で同じように列車を舞台とし、タイトルにも入れながら、欠けていた視点であった。

『青列車の秘密』では、ポワロは殺人が起こった列車に乗り合わせたものの、物語はすぐ列車から離れてしまい、最後の種明かしのときまで列車が再び姿をあらわすことはない。対照的に『オリエント急行の殺人』では殺人事件が起こった直後、積雪のため、列車は立ち往生し、通信手段も切れたなかで、登場人物たちの人間像が徐々に明らかにされていく。そうすれば、ワゴン・リ社重役の指摘した乗客たちの多様さは、突如一つに結びつけられてしまう。先ほど引用した重役の言葉に対して、ポワロがこう答えたように。

《「あなたの立場からすれば、事故など起きたら大変でしょうな、確かに。だが、ほんのいっときだけ、そう仮定してみましょう。その場合は、たぶん、ここにいるすべての人が結びつけられることになる――死という絆によって」》（同）

一九三一年クリスティーがオリエント急行で事故にあったとき、ワゴン・リ社の重役が同乗していたことは既に述べたが、「もし、この列車を小説の舞台にしてみたら」とする『オリエント急行の殺人』におけるブークの台詞は、実際にクリスティー自身が事故に会ったときに同社重役がクリスティーに話した内容ではなかったかとさえ思える。だとすれば、『オリエント急行の殺人』は、ワゴン・リ社の全面的協力の下に書かれたのではという推測も出てくるだろう。一九二〇年代にトマス・クック社を傘下に治めたワゴン・リ社は、もっと青列車やオリエント急行を英米人にＰＲする必要があった。そもそもカレー始発の列車は英国からの客を想定してのことだった。

上流階級に独占されていた二〇世紀初頭までと違い、第一次世界大戦後のオリエント急行は「あらゆる階級、あらゆる国籍、あらゆる年齢の人々」（保柳健「今昔オリエント乗りくらべ」）が乗る形に変わってきていた。「毎日最低一往復の列車が走り年間何万という人を運んでいた」（同）のだから、大戦前のように客層を大金持ちに限定せず、中産階級にも広げ、一等だけでなく、二等の客も開拓する必要があった。『オリエント急行の殺人』の四年後に製作された映画『バルカン超特急』（一九三八年、監督：アルフレッド・ヒッチコック、原作：エセル・リナ・ホワイト）では、乗客たちのほとんどが中産階級だ。そしてワゴン・リ社が狙っていたのが、中産階級を含む英米人たちにヨーロッパの上流階級的体験を味あわせ、オリエント急行の客層を開拓することだったのである。いわば、ここに彼らがトマス・クック社を買収し、傘下に置いた第一の理由があったのだ。

すでにこのミステリを読んだ多くの方がご存じの如く、謎を解く鍵は「あらゆる階級、あらゆる国籍、あらゆる年齢の人々」に利用されているというオリエント急行自体の特徴にある。『アクロイド殺し』の意外な犯人で、クリスティーは読者を欺くことに成功したが、『オリエント急行の殺人』もそれに匹敵するミステリであることは論を待たない。

だが、一般的にミステリにはルールのようなものがあり、それを破ったとして『アクロイド殺し』では、作家・批評家からの非難が集中した。対するに『オリエント急行の殺人』では、有栖川有栖がハヤカワ文庫版の解説で書いているようにそうした批判は意外にも起きていない。あるいは、さすがの作家・批評家も、まさかこんな真相があろうとは夢にも思わず、空いた口が塞がらなかったのか。ヴァン・ダインの二〇則、ノックスの一〇則はいずれも一九二八年、すなわち『アクロイド殺し』が発表された直後に提案されたものだが、『オリエント急行の殺人』のようなプロットはこれらのルール書でも想定されていないし、かといって『オリエント急行の殺人』が出てから新ルールが追加されることもなかった。

おそらく、この作品に関する数少ない批判は、レイモンド・チャンドラーによる次のようなものであろう。

《これは、どんな鋭敏な頭の持ち主をも呆然とさせること間違いなし、というタイプである。薄馬鹿だけがそれを理解出来るのであろう》(「単純な殺人芸術」)

批判というより、ほとんどヤケクソというか、悲鳴に等しい感想だ。チャンドラー自身、ミステリのさまざまな制約、ルールをきちんと守ってしまうと、内容としてつまらないクイズに陥ることをよく知っていた。だから、彼は本格ミステリを書く意義を認めなかったわけだが、『オリエント急行の殺人』にルールを破りながらも、謎解きを越えた、時代を描き切った「文学」を認めたのであろう。二つの大戦間の時代における、人々のライフスタイル、生と死。そのドラマを書くことが、『大いなる眠り』などのハードボイルド小説で、チャンドラーの目指していたものだった。だから彼が『オリエント急行の殺人』を読み終えて聞いたのは、まさにクリスティーの哄笑だったに違いない。

3・2 大恐慌

観光ミステリへの道程

『オリエント急行の殺人』『なぜエヴァンズに頼まなかったのか?』の長編ミステリ、短編集『リスタデール卿の謎』『パーカー・パイン登場』、非ミステリ長編『未完の肖像』とわずか一年で、五冊も世に問うた一九三四年の成果は大きかった。その影響で、翌一九三五年一月に出版された『三幕の殺人』は、ついに初版一万部を突破。同じ年にペンギン・ブックスからミステリ・シリーズが発刊されたとき、全一五冊のなかに、クリスティー作品は初期の長編『スタイルズ荘の怪事件』と『ゴルフ場殺人事件』の二冊が復刻され選ばれている。ちなみにこのとき他の作家で二冊入った作家はドロシー・セイヤーズのみであり、クリスティーがもはや失踪事件という一時的スキャンダルではなく、実力あるミステリ作家として認められたことを意味している。

　ちなみに、一九三五年には、『三幕の殺人』のほか、飛行機内の殺人を描いた『雲をつかむ死』も発表している。ライト兄弟が有人飛行に成功して三二年がたち、その間に第一次世界大戦を挟んで飛行機の技術は大きく進歩した。クリスティーはその飛行機が一般交通機関として使われ始めていることに着目し（高額な料金の故に、当時の乗客たちは富裕層に限られていた）、飛行中のクローズド・サークル性から、雪に閉じ込められたオリエント急行のような密室ミステリに仕立て上げた。『アクロイド殺し』『オリエント急行の殺人』のような、あっと驚くトリックと真犯人はいないものの、クリスティーが『青列車の秘密』で目指していた（そして失敗したとおそらく悔やんでいた）ロマンス的要素をもつ意欲作である。

『青列車の秘密』『雲をつかむ死』の両作品とも、ヒロインは上流階級の中に紛れ込んだ中産階級の娘で、いずれも二人の男性に愛される。しかし、『雲をつかむ死』のほうが優れているのは、ヒロインのジェイン・グレーが、『青列車の秘密』のキャサリン・グレーよりも、事件解明に積極的に関わり、犯人逮捕にも協力している点である。最後にその協力は失恋へとつながるが、ジェインは職業婦人として生きようと決意する。まさに第一次世界大戦後という、女性が積極的に外の社会に関わり始めた時代を、『雲をつかむ死』は反映している。

『青列車の秘密』でキャサリン・グレーについてもそう書いたが、『雲をつかむ死』のジェイン・グレーも、まさに若き日のミス・ジェイン・マープルだ。若いので男の外面に一時的に惑わされもするが、恋愛と失恋の経験を経た小説の最後で、ジェイン・グレーは持ち前の洞察力を生かした聡明な独身女性へと成長する（このあたり、まさに『高慢と偏見』や『エマ』のヒロインだ）。われわれはミス・マープル・シリーズが最初に発表されたのが一九三〇年であることから、老嬢をヴィクトリア朝時代に青春を送った人と考えがちだが、ミス・マープルはこの後も年をとらず、第二次世界大戦後はさらに活動的な独身女性へと変貌していく。彼女が最後に登場する『復讐の女神』は一九七一年の発表だが、「七十代」と書かれている。だとすれば、第二次大戦後に活躍するミス・マープルは、キャサリン・グレー、ジェイン・グレーとほぼ変わらない年代の、両大戦間に青春時代を過ごした活動的女性の面影を宿しているのではないだろうか。

大恐慌の季節

翌一九三六年に発表されたクリスティー作品は『ＡＢＣ殺人事件』『メソポタミアの殺人』『ひらいたトランプ』三編と、相変わらず快調だ。なかでも、『ＡＢＣ殺人事件』は、第一次世界大戦での後遺症に悩む青年が大恐慌下の英国で、失業の恐怖に満ちた生活を送るという、クリスティーとしては珍しく社会性を帯びたミステリとなっている。

一九二九年一〇月二四日、アメリカ、ニューヨーク株式市場大暴落に端を発した大恐慌は、英国にも飛び火し、景気は急速に減退していった。同年六月には英国で七パーセント台だった失業率は、一年後には一六パーセント、更に次の年には二二パーセントと年ごとに倍増、二七〇万人の失業者が巷に溢れるという事態に発展したのである。マクドナルド首相は労働党出身ながら、失業保険給付額を減らそうとしたが、与党である労働党が反対し（大恐慌直前、労働党は史上はじめて女性が投票に参加した総選挙で、第一党となっていた）、党を除名されたマクドナルドは、野党保守党と挙国一致内閣を組むという前代未聞の事態が起こる。

時あたかも、帝国内白人自治領の事実上の独立を認めたウェストミンスター憲章が発効し（一九三一年一二月）、大英帝国は政治、経済ともに、危機的状況に直面した。そこでかつての白人自治領と、同じ国家元首（国王）を頂く連邦を組みながら、植民地やインド、委任統治領をも含めて、ブロック経済を強化することとしたのである。つまり、ポンドを主要通貨とした経済圏をつくり、グループ内での関税を軽減するかわりに、域外からの輸入には高関税として、自国産業を保護するというもので、英国は今までの自由貿易政策を撤回した。しかし、失業率が二〇パーセント後半にとどまったままの状態は続き、第一次世界大戦で負傷した者、あるいは社会に出たばかりの若者にとって、職が見つからないという事態は変わらない。『ABC殺人事件』は、そんな不況下に、ようやく仕事にありついた弱者の物語である。《プリンセス公園に入ると、彼はトーキー港に面した人目につかない所へ歩いていった。彼はそこに腰をおろして、新聞をひらいた。(中略)

「失礼ですが、あなたも戦争にいらっしゃったことがあるでしょう」

「あります」とカスト氏が答えた。それで――それで――自分をすっかりだめにしてしまったのです。私の頭はもうもとどおりにはなりません」》(『ABC殺人事件』)

大戦の後遺症で精神の傷を負ったアレグザンダー・ボナパート・カスト氏は、不景気で生活に困っている中、ストッキングのセールスマンという職を見つける。それは見知らぬ雇い主から手紙で指示された場所を、指示のあった日時に訪れるという仕事だった。ところが、指定された場所と日時で、連続殺人が起こりつづけ、カスト氏は不安にかられはじめる。殺人が起きたといわれている時間帯、頭を患った自分は果たしてどうしていたか、どうにも思いだせない。指示はなおつづき、彼はそれに従って、トーキー(クリスティーの生まれ故郷)にあるプリンセス公園のベンチに座って、たまたま隣に腰かけた人と話すのが、引用したシーンである。

第一次世界大戦は毒ガス、機関銃など、過去になかった兵器が使われ、多くの人が死に、助かっても後遺症に苦しんだ戦争だった。死への恐怖から、精神を病んだ人も少なくない。

『ABC殺人事件』は、そうした人々への哀切をこめた、クリスティーには珍しく沈鬱なミステリである。

ロマンスとしての『ナイルに死す』

大恐慌で失業に苦しむ人間は『ABC殺人事件』のカスト氏だけではない。次の年に発表された『ナイルに死す』では、貧しい娘ジャクリーンと婚約者サイモンは結婚を予定しているものの、サイモンは職を見つけることができないでいる。ロンドンのレストランで話しながら、ジャクリーンは恋人の就職を親友のリネットに依頼することを決意する。リネットの両親は亡くなったものの、金持ちの家の出で親友だから、きっと助けてくれるに違いない。そうすれば、予定通り結婚して、二人は夢みていたエジプトに新婚旅行に行けるだろう。

《「ハネムーンをエジプトで過ごすのよ。費用なんかどうにかなるわ。あたし、この世に生まれてから一度はエジプトに行きたいと思ってたのよ。ナイル河とか、ピラミッド、沙漠……」

彼は興奮にやや濁った声となった。

「ぼくたちは一緒に見物するんだよ、ジャッキー、一緒にね。素晴らしいだろうな！」

「でも……。あなたは、あたしが感じるほど、素晴らしいと感じているかしら？　あなたは本当に、あたしが望んでいるのと同じほど、その旅行を望んでいる？　きっとそうじゃないと思うわ」

　彼女の声はどこか鋭くなり、目を大きく見開いて――ほとんど恐怖にも似た不安の色をみせた》（『ナイルに死す』）

　たまたまレストランで、そういう若い二人のやり取りを、隣のテーブルに座っていたポワロが耳にするところから、物語は事実上始まる。

　その金持ちの友リネット・リッジウェイの周囲にも、別の事件が起ころうとしていた。財産は亡き親の遺言で彼女が成人して結婚するまで、管財人たちが責任をもって運用している。ところが、「ウォール・ストリートの恐慌で痛い目」（同）にあって、リネットに報告のないまま、管財人は財産を大きく減らしてしまった。成人したリネットが結婚して財産管理をチェックし始めたら大変だ。そう思って管財人は大慌てとなるが、ここでのウォール・ストリートの恐慌が、言うまでもなく、一九二九年ニューヨークで起こった株式大暴落であることは言うまでもない。

　ここに至り、クリスティーの観光ミステリは、一九二〇年代のバブル経済に人々が酔いしれた時代と、一九三〇年代の恐慌後の不安な時代という、対照的な二つの時代の淵に広がる闇の反映となる。

ジャクリーンは恋人サイモンの就職を世話してほしいと、リネットに紹介したが、何と恋人を友に奪われてしまう。リネットは我がままで、他人がいいものをもっていると自分のものにしてしまいたいと思う娘だったのだ。夢みていたナイル河周航を、新婚旅行で行くのはリネットとサイモンにかわり、その船に同乗して、嫌がらせをしようとするジャクリーン、都合の悪い書類にリネットのサインをもらうべくやって来た管財人とそれを妨害しようとする弁護士、リネットが身につけている宝石を狙う泥棒、正体不明の反政府主義者とそれを追う英国情報部員などに加え、旅行中のエルキュール・ポワロも乗り合わせて、観光船カルナク号は大恐慌という時代を背景に、愛と憎しみ、欲望とエゴイズムがからみあうドラマの舞台と化していく。『青列車の秘密』で試みられ『雲をつかむ死』で継続されたロマンス小説的ミステリが、『ナイルに死す』ではものの見事に開花している。そのため、文庫本にして五七〇頁に及ぶ大部で、殺人が起きるまでにその半分が費やされながら、読者はそれを長いとは感じないだろう。『青列車の秘密』『雲をつかむ死』ではヒロインが最後に人間的に成長して終わるが、事件への直接的関わりは薄かった。他方『ナイルに死す』ではもっと前面に登場し、最大の容疑者となり、悲劇的な死を遂げるところが大きな特徴である。

舞台となるカルナク号は、トマス・クック社が実際に建造した外輪船スーダン号がモデルといわれ、二一世紀の現在エジプトでなおも観光船として使われている。クリスティーが実際この船に乗ってミステリを着想したこと、そして一九七八年に映画化（監督：ジョン・ギラーミン、主演：ピーター・ユスティノフ）されたときにも使用されたことなどから、今や貴重な観光資源だ。クリスティー自身が乗ったのは、映画化の四五年前にあたる一九三三年。夫のマローワン、娘のロザリンドとともに、この船に乗ってルクソール神殿などを見て回っており、その結果がこの長編執筆につながったわけである。クリスティーには、長編と同名の短編（「ナイル河上の殺人　Death on the Nile」『パーカー・パイン登場』所収）もあり、これもそのときの経験をヒントにしたものと思われるが、ストーリーは全くの別物である。

第一次世界大戦により、英国はドイツとオスマン＝トルコを倒し、今までエジプトに限られていた中東で、その大半——具体的には、パレスチナ、イラク——を国際連盟からの委任統治領という形で手に入れた。工業生産力ではアメリカに追い抜かれたというものの、中東の石油埋蔵量を考えれば、まだまだ大英帝国の未来は明るい。南アフリカやアイルランドのような連邦への離反はあっても、中東を押さえている間、大英帝国は安泰だ——英国の人びとが中東に観光しようとした理由には、その地の遺跡や歴史、アラブの異国趣味といったものへの興味もあったろうが、大英帝国の版図をこの目で確かめ、明るい未来を確認したいとする希望もあったろう。一九三〇年代のクリスティーが書いた中東ミステリが好評をもって迎えられたのは、もちろん作品自体のすばらしさが第一だったろうが、同時に当時の英国人が抱く中東への憧れもあったに違いない。

しかし、英国の中東支配には、現地アラブの族長たちに行った空約束、イスラエル建国を約束したユダヤ人たちとの契約、そして中東を山分けすることでフランスと結んだ密約という、「三枚舌外交」がひそんでいた。平和なうちはごまかせても、ひとたび事が起きれば――例えば、再度世界大戦が起きれば――、これらの虚偽は露呈してしまう。そして実際に、第二次世界大戦は起き、戦後から二一世紀の今日まで、この地でつづいているアラブ対イスラエルの戦争、クルドなどの民族紛争、そしてシーア派・スンニ派間の宗教対立など、中東の紛争は、この時の英国の不誠実な三枚舌外交に端を発するといっていい。

《「ムッシュー・ポワロ。あたし、なんだか怖くて――何もかもが怖いの。こんな気持ち、いままで感じたことないわ。原始的な荒れ果てた岩やこんな陰気な景色ばかりで、あたしたちはどこへ行くのかしら？　いまから何が起こるのかしら？　あたしとても怖くて」》（同）

リネットはそう言って、ポワロに助けを求めるが、こうした不安は大恐慌下の英国で、多くの人々が漠然と感じていたものでもあったろう。

そして予感通り、リネットは観光船カルナク号船内で殺されるが、復讐の念に燃えていたジャクリーンには、鉄壁のアリバイがあった。こうして観光船は一種のクローズド・サークル、すなわち密室の様相を呈し始めるのである。

このミステリは翌年に発表される『死との約束』がパレスチナ、ヨルダンを舞台としていることから、よく比較される。しかし『ナイルに死す』のほうに人気が高いのは、その濃いロマンス的要素に因る。要は同じ中東ものでも『死との約束』や『メソポタミアの殺人』より、『ナイルに死す』のほうが「文学」なのだ。坂口安吾が激賞した挙句、自らの作品でパクってしまったのは、理由のないことではない。

『ナイルに死す』と『死との約束』

ところで、『ナイルに死す』と『死との約束』という二つの作品は、実は一緒に構想された双子という要素をもっている。

多くの長編ミステリについて、クリスティーがメモした創作ノートが残されていることは既に書いたが、『ナイルに死す』についても、そのタイトルの下、登場人物のリストが記されている。スーダン号に乗船中、クリスティーは娘とともに同じ船に乗り合わせた人びとを観察し、性格を推理しあって楽しんでいたというから、それらの経験をもとに、登場人物とストーリーを考えていたのであろう。

ところが、実はこのリストに、驚くべき二人の人名が記されている。

一つは、『ナイルに死す』という見出しのあと、探偵役としてエルキュール・ポワロではなく、第一行に「ミス・マープル？」と記されていることだ。

一九三〇年前後に、長編『牧師館の殺人』と短編集『火曜クラブ』で、ミス・マープルは既に登場していた。その人物像は『アクロイド殺し』のシェパード医師の姉キャロラインが発展したとか、あるいはクリスティーの祖母をモデルにした等の説が言われている。しかし、『火曜クラブ』が発表された一九三二年から、『書斎の死体』で再登場する一九四二年まで、実に一〇年間、老嬢は姿を消したままだった。ところが、その中間にあたる一九三七年発表の『ナイルに死す』で、ミス・マープルは何と一度探偵役として想定されていたのである（『秘密ノート』）。

一九三〇年代クリスティーはずっとポワロものを書きつづけてきた。何しろ長編ミステリ一六編中、一二編の主役がポワロであり、特に一九三五年一月の『三幕の殺人』から一九三八年一二月『ポワロのクリスマス』まで、丸四年間の長編ミステリ九編がすべてエルキュール・ポワロを探偵役としている。一九三七年に発表された『ナイルに死す』がミス・マープルを探偵としているとすれば、その唐突な登場に読者たちは驚かざるを得ないだろう。

クリスティーの周辺にいた人々が語っていることだが、作者はポワロで成功したものの、ある時期から彼を主人公とするミステリを書くことにマンネリズムを感じていたといわれる。外国人の私立探偵というのは、どうしてもアブノーマルだし、その自尊心に満ちたキャラクターを描き切ることも負担になっていたに違いない。無理をしてポワロを主人公とした物語を構築するよりも、何の抵抗感もなく、筆が進むような――つまり、クリスティーにとっては、トミーとタペンスを主人公とするスパイ・スリラーのような――気安い物語のほうが、ずっと書きやすかったのだろう。

といって、新しい主人公、たとえばミス・マープルを持ち出そうとすると、大きな問題が生ずる。一九三〇年代に七〇歳台の老婆が、果たして安全に中東を旅行できるだろうか。自分が中東に行ったときでも、三〇代女性の一人旅は皆に危うがられたものだ。編纂者として『秘密ノート』を詳細に研究したジョン・カランが書いているように、「比較的安全な（はずの）セント・メアリ・ミード村からナイル河畔へミス・マープルを移動させ、続いて、カルナク寺院、アブ・シンベル、ワディ・ハイファへ行かせるのは、あまりにも遠すぎる旅」（『秘密ノート』）なのである。

こうしてミス・マープル主役案は断念され、ポワロが「ピンチ・ヒッター」（同）に起用された。すなわちポワロならば、過去にも海外旅行をさせているし、「そもそも彼自身が外国人」（同）なのだから、中東に出ても何の問題も起こらない。こうしてミス・マープルの海外旅行は、更に三〇年近く後の西インド諸島の旅（『カリブ海の秘密』）を待たねばならないこととなった。

もう一つ、『秘密ノート』が語る驚きは、ミス・マープルの次に登場人物リストにあらわれる女性の名前である。「ミセス・P（アメリカの刑務所の元看守）」とあり、その後に、ミセス・Pの家族である長男とその嫁、長女、次男、次女などの名前がつづく。現在われわれが読んでいる『ナイルに死す』の主要登場人物――つまり、ジャクリーン、その友で金持ちの娘リネット、ジャクリーンの恋人ながらリネットの夫となるサイモンらの名前はまったくない。つまり、ノートには『ナイルに死す』と表題が書かれていながら、そこに書かれた登場人物リストには、次の年に発表された『死との約束』の人たちが記されているのである。

ちなみに『死との約束』のあらすじは次のようなものだ。

エルサレムのホテルで、ポワロは、子どもたちとその妻子を支配するポイントン夫人とその一行と出会う。夫人はアメリカ人で婦人刑務所の看守だったその前歴から、他人を自分の力で屈服させることに、サディスティクな喜びを感じる狂的女性だった。そのため子供たちは母を恐怖して萎縮し、嫁や恋人は殺意に近い憎しみを抱いて、一家は一触即発の危険状態にある。そしてポイントン夫人一行とホテルの客たちはヨルダンの古都ペトラを見学に訪れ、夫人は殺される――

『生涯』で紹介されている娘の証言によれば、一九三三年クリスティーたちが観光船スーダン号でナイル河を周遊したとき、作家は乗客の中にいた「居丈高なひとりの婦人」に注目した。そしてこの婦人を中心にした一行が、エジプトの神殿やナイル河観光をする話を、『ナイルに死す』というタイトルで書こうとしたとある。それが中途で考えが変わり、『ナイルに死す』は現在みるように完全な別の話となり、「居丈高な婦人」の話は舞台をナイル河からペトラ遺跡へと移し、題名も『死との約束』としたのだ。

『死との約束』に、愛というロマンス的要素は全くない。この作品を彩っているのは、元看守のポイントトン夫人がもつ強烈な残忍さであり、たとえ夫人が殺されても、誰も同情を感じない。ポイントトン夫人は古代遺跡を見ることも、また見るつもりもなく、殺されるが、それは彼女が歴史や風景といったものに全く興味はもたない人間であり、ただ他人を虐め、支配することに喜びを見出す人間だからだ。この人物像はスーダン号で同乗した婦人をもとに、クリスティーが自分で発展させたイメージであろう。いずれにしろ、ここまで悪の存在となった以上、クリスティーとしてはロマンチックなナイル河よりも、もっと陰気な舞台を設けなければならなくなった。「狭い谷にとじこめられたような印象」(『生涯』)をもつペトラ遺跡が、『死との約束』の舞台に選ばれたのは、このような理由からである。

では今の『ナイルに死す』のストーリーはどのような経緯で構想されたのだろうか。それを知る材料や証拠は『秘密ノート』にも『生涯』にもない。だが、作家としてのクリスティーの心に分け入れば、そこには『青列車の秘密』『雲をつかむ死』で取り上げたようなヒロインたちを、もっと事件に関わらせた物語を書きたいという希望があったのではないだろうか。

『青列車の秘密』のキャサリン・グレーは何事にも奥手で、結局ミステリの肝心な部分には少しも関係しないまま、舞台から退場する。それに比べ『雲をつかむ死』でのジェイン・グレーはポワロの捜査に私的に協力し、犯人逮捕の場にも立ち会うが、なお脇役に過ぎない。つまり、この二人はロマンス的ミステリでヒロインの役を割り振られながら、印象が弱かったのである。強くするには、ヒロインをもっと印象に残る役、つまりポワロに取って代わる名探偵か、真犯人といった主要な人物にすべきであろう。前者の名探偵ならば、それこそミス・マープルその人だし、後者の真犯人としたら、物語の当初から主要な登場人物としてあらわれ、その身の上で読者の同情を誘い、しかも健気に耐えていく悲劇性をもったヒロインであることが必要だろう。

舞台にもロマンス性が要る。そこでクリスティーはナイル河畔を思いついた。遥か昔を思わせる古代神殿やピラミッド、そしてナイル河という風景が、悲劇性をもったミステリに最もマッチしていると考えたのである。それと比べ、邪悪で残酷な婦人の物語の舞台とするには、ナイルはあまりにも美しすぎるということになろう。

こうして『ナイルに死す』は、悲しき愛の物語、感動を呼び起こすメロドラマとなった。

被害者にも犯人にも、読者は同情を覚えずにはいられず、印象的ラストを忘れることはない。そうした悲劇を、スーダン号が回るナイル河畔の風景や神殿が色を添える。それは『青列車の秘密』や『雲をつかむ死』で、クリスティーが追い求めてきたロマンス的要素をもつミステリの究極点だ。なかなか殺人が起きず、登場人物たちのさまざまな物語が交錯しあう大部の作品でありながら、『ナイルに死す』は読者に深い感動をあたえて終わる。この作品に『アクロイド殺し』や『オリエント急行の殺人』のような意外な犯人、あっといわせるプロットは必要ない。全体にからみあったものが最後に解きほぐされ、ヒロインが亡骸として退場する悲しい結末にしてこそ、作品は終了するのだ。

被害者にも犯人にも同情心を覚えさせない『死との約束』と対照的に、『ナイルに死す』は深い感動を呼び起こすメロドラマとなった。これこそが実は、アガサ・クリスティーが生涯を通じて求めたミステリの理想型だったのであろう。

3・3　忍び寄る足音

第二次世界大戦の勃発

一見繁栄を持続しているように見えながら、両大戦間の大英帝国の内実は、綱渡り的状況にあったといってよい。

国自体の産業とくに製造業や農業が衰退し、資本はアメリカや植民地へ投資されて出ていってしまう。いまや英国という国自体が、外国や植民地に投資して利子を受け取るジェントリのようになってしまった。国際収支でいえば、第一次大戦直前で約九五〇〇万ポンド（そのおよそ半分以上が対アメリカであった）の莫大な赤字を、インドなど植民地が稼いだ貿易からの吸い上げで何とか賄っているといった状況である。ボーア戦争でも第一次世界大戦でも、インドなどからの傭兵が多かったように、大英帝国はまさに経済も軍事も、植民地に頼り切っていた。

自治領のなかには独立を目指す国もあらわれ、アイルランドは第一次世界大戦中に独立を宣言して帝国から離脱、南アフリカ、カナダ、オーストラリア、ニュージーランドは何とか連邦制で引き留めたものの、外交権まで渡し、独立した別の国同然となった。なお平和が続けば、帝国存続のための時間は稼げるかもしれない。だが、大規模な戦争が再び起きれば、もはや世界中に広がってしまった大英帝国が、果たして維持できるかは覚束ない。

二〇世紀後半になっての話だが、英国の歴史学者ポール・ケネディが『大国の興亡』という本を書いている。オスマン＝トルコ、スペイン、明、英国など一六世紀以降の世界的大帝国があれほどの繁栄を謳歌しながら、何故勢いを失ったかを論考した本で、ケネディはその答えを、大国が自らの統御できる地理的範囲以上の大領土をもってしまったからだ、と結論づける。つまり、英国でいえば、「太陽の沈むことのない国」として南北アメリカ、オセアニア、アフリカ、アジアにまで広がる大帝国を築き上げるのに成功したこと自体が、かえって帝国の維持を難しくし、衰亡へと導かれたというのだ。それが第一次世界大戦後には中東の植民地を拡大して、盛り返したかに見える大英帝国の実情であった。

チェコスロバキアのズデーテン地方を併合したヒトラーに対し、ミュンヘン会談で、融和姿勢に徹した英国のネヴィル・チェンバレン首相が、当時国民から支持を得たのは、平和が大英帝国の維持にもつながると信じられたからであったろう。新たな世界大戦が、大英帝国の存続を危うくすることを、英国人たちはよく理解していたのだ。しかし、それがかえってヒトラーを自分が強気に出れば、英仏は常に退くと誤解させ、一年後のポーランド侵攻を引き起こす。さすがの英仏も堪忍袋の緒が切れ、すぐさまドイツに宣戦布告したが、西部戦線では戦端がなお開かれないまま、チェンバレン首相は秘密裏に平和工作をつづける。最初の八ヶ月間「ほとんど信じられないほど意外なことに、何も起こらなかった」（『自伝』）ときのチェンバレンの優柔不断さは、今結果を知る者の目には見苦しく映るが、当時の英国が如何に戦争を回避しようとしていたかの表れだろう。

クリスティーに『ヘラクレスの冒険』という、出版は戦後にずれ込んだ短編集がある。ギリシア神話の英雄ヘラクレス（エルキュールという、ポワロの名前をもじっている）の一二の難行を下敷きにしたもので、一九三九年九月号から《ストランド》誌に一話ずつ連載された。ところが、最終回の「ケルベロスの捕獲」は未発表のまま、一一編で連載は中断され、戦中は単行本にもならなかった。実はこの最後の短編は雑誌連載用に既に書き上げられていたが、そのなかでヒトラーは強権的姿勢を一変させ、平和を望んで引退することになっている（『秘密ノート』上巻に収録）。おそらく、それがクリスティーはじめ、当時の英国の人々が望んでいたことであったろう。だが、実際にはポーランド侵攻が起こったため原稿は放棄され、戦後になってから代替の短編が書かれて、現在の短編集の姿で発表されたのである。

偽られた「観光」

ドイツ軍がポーランド国境を越えて侵攻した一九三九年九月の二ヶ月後、『そして誰もいなくなった』が出版されている。

この作品は二〇一〇年の宝島社『このミステリが読みたい』、二〇一三年『東西ミステリーベスト100』の海外部門の、いずれも第一位と最近のわが国で行われた全海外ミステリの人気投票第一位と、発表後七〇年以上を超えたにも拘わらず、最高の人気を保ち続けている。アメリカ推理作家クラブの投票でも「本格ミステリの部」第一位であり、クリスティー本人の自選ベスト・テンにも入っていて、今なお彼女の全作品中トップの座を保持している。

その理由は『アクロイド殺し』『オリエント急行の殺人』と並ぶ、プロットの見事さだ。プロットの見事さとは、一般的に①物語の舞台設定、②意外な犯人、のいずれかあるいは両方を指すが、『アクロイド殺し』『オリエント急行の殺人』の特徴が、意外な犯人とすれば、『そして誰もいなくなった』は舞台設定が素晴らしい。つまり前の二作品はラストで真犯人が分かって驚かされるのだが、『そして誰もいなくなった』は、設定された舞台自体が最初から衝撃的なのである。

英国南西部のデヴォンシャー県の孤島「兵隊島」に、互いに面識もない一〇人の男女が、謎の人物からの手紙で招かれる。そしてその晩、用意された晩餐とともに、セットされていたレコードが語りだしたのは、彼ら一〇人が過去に殺人に近い罪を犯しているとする告発だった。ホールには一〇人の兵隊の人形が置かれ、付いていた童謡の歌詞通り、招待客たちは一人一人殺され、そのたびに人形が減っていく。島に彼ら以外の者はいない――ということは、レコードで告発し、人形を減らしている殺人者は、紛れもなく客たちのなかにいる！

だとすれば、犯人だけが最後に生き残るはずだが、この物語では（あえて最後を言ってしまうと）客たちは何と全員が死んでしまうのである……。

舞台となる兵隊島は、クリスティーの生まれ故郷トーキーと同じデヴォンシャー県ながら、ロンドンから行くと（登場人物たちの口ぶりでは、トーキーより）もう少し先にあるらしい。招かれた一〇名のうち四名は、ロンドンのパディントン駅からトーキー方面の同じ列車で出発している。元判事のウォーターグレイヴは一等車で。若い女性体育教師のヴェラ、元陸軍大尉のロンバート、初老の独身女性ミス・ブレントなど中産階級の人々は三等車で。着いた駅から、兵隊島までの小舟が出る港まで、手配されたタクシーのなかで、元判事はミス・ブレントに尋ねる。

《「あなたは、このへんをよくご存じなんですか」

「いいえ、コーンウォールとトーキーには行ったことがありますけど、デヴォンシャー県のこのへんは、初めてです」

「わたしも、このあたりは不案内でね」と判事》（『そして誰もいなくなった』）

要は人里離れた孤島ということであろう。

クリスティーには、観光ミステリが多く、それも海外では中東が核と書いてきたが、国内の観光地も舞台としてほぼ同数取り上げられてきた。それもほとんどが、イングランド南西部の生まれ故郷デヴォンシャー県の海岸だ。『そして誰もいなくなった』の舞台がやはり同県であるのは、いわば従来からの観光ミステリの踏襲といってよい。謎の人物から送られてきた手紙でも、観光地への招待状というニュアンスだったし、集められた人々も観光のつもりでやって来たのである。

だが、実際に彼らが見たものは違った。ここで従来の観光ミステリを愛してきたクリスティー・ファンは大きく裏切られる。

《「あら、岸からずいぶんあるんですね」

ヴェラが思い描いていた島とはずいぶん違う。海岸に近い、白く美しい邸宅のたつ島を想像していたのだ。ところが家らしきものはどこにもない。人間の頭になんとなく似た大きな岩のシルエットが、黒々と見えるだけ——なんだか、薄気味悪い。ヴェラは小さく身ぶるいした》

平井杏子『アガサ・クリスティを訪ねる旅』によれば、兵隊島のモデルは、トーキーの南、ビッグベリー湾に浮かぶバー島だという。更に言えば、クリスティーが『そして誰もいなくなった』を執筆していたとき、彼女はこのバー島のホテルに滞在中だった。

現実のバー島は「兵隊島」のような孤島ではない。ヴェラの想像したように、陸続きで白く美しいホテルが建っており、その島へは干潮時には二〇〇メートルほどで歩いて行け、満潮時でも脚の長いシー・トラクターに乗れば到達する。作中に描かれている岩ばかりの風景は、むしろ海側から見たときのものだ。つまり、クリスティーはバー島の表と裏の風景を逆転させることで、恐怖に満ちた兵隊島のイメージをつくっている。

実はクリスティーは、『そして誰もいなくなった』出版の二年後、再びこのバー島をモデルとした別のミステリを発表した。その『白昼の悪魔』では、ホテルの滞在客の一人が殺されるが、今度は実際のバー島と同じく、干潮時には陸地とつながっている。裏側の海からの風景は、逆に殺人が行われても目撃者はいないほど、ひとけがない。『白昼の悪魔』は同じ島をモデルにしながら、『そして誰もいなくなった』と対照的に、オーセンティックな本格ミステリだ。

逆に表と裏を反転させた『そして誰もいなくなった』では、白壁の屋敷は『白昼の悪魔』のホテルと違って、船で島の裏側へ回り込んだとき、はじめてその禍々《まがまが》しい姿を見ることができる。

《はでに水しぶきを上げて、ボートは岩の先を曲がった。ようやく邸宅が見えてきた。島の内側は、まったく違う風景だった。ゆるやかな斜面がだらだらと海に続いている。南向きに建てられた、屋根が低く真四角な邸宅は、丸い窓から光をたっぷり取り込む、モダンな設計だった》（同）

意外にも、島に建っているのはモダニズム建築らしい。ヴァン・ダイン『グリーン家殺人事件』、エラリー・クイーン『Yの悲劇』と、本格ミステリで不気味な連続殺人が起きる屋敷は、今までゴシック風の折衷様式と相場が決まってきたのに。しかもヴァン・ダインなどは、延々と建築の外観を説明しつづけ、クイーンでさえ、その半分は費やしているのに対し、『そして誰もいなくなった』の建築の説明は「モダンな設計」とのみ書いた、このわずか一、二行にとどまる。

この平凡なモダニズム建築で、姿なき犯人によって、次々と殺人が実行されていく。最終的に客一〇名がすべて死ぬので、およそ二、三〇頁に一人が殺される勘定だ。「モダンな設計」で生活の匂いが感じられない、つくられたばかりの家であることが不気味でさえある。モダニズム建築の教理では住宅は人が住むための器だが、『そして誰もいなくなった』の建築は、滞在者が死ぬための器であり、棺《ひつぎ》にほかならない。

バー島に今も実在する白亜のホテル建築は、クリスティーのほか、ウィンストン・チャーチル、ノエル・カワードから後にはビートルズに至る有名人たちが「隠れ家」として利用した歴史をもつ。特に興味深いのは、クリスティーが『そして誰もいなくなった』執筆のために滞在していたよりも数年前、「王冠を賭けた恋」として有名なエドワードⅧ世とシンプソン夫人が密会の場として利用していたことであろう。一九三六年末、離婚歴のあるアメリカ人婦人と結婚するため、若い国王が在位一年足らずで退位した事件は、その後若き前王が、ドイツを訪問して歓迎されたこともあり（ヒトラーは第二次世界大戦中、英国が降伏すれば、親独派の前王を復位させるつもりだったといわれる）、単なる恋愛事件というだけではなく、これからのヨーロッパが、そして大英帝国がどうなるかという不安と深く結びついてとらえられた。クリスティーは数年前の事件に思いを馳せ、今後の大英帝国、ヨーロッパ、そして世界への不安に苛まれながら、このミステリを書いたのに違いない。

迫りくる不安

『そして誰もいなくなった』の客たちは、たまたまこの島に集められただけで、お互いを知らないため、果たして誰が敵か味方かがわからない。レコードの告発には、それぞれが思いあたるふしがある。たとえ裁判で告発されず、あるいは告発されても無罪という判決を得たといっても、この世を生きていくことには何らかの罪悪感が伴う。そうした罪悪感から抜け出られることのないまま、なお自分は生きたいと思うのが、人間というものだ。次々と人々が殺されていくなかで、何とか生き残りたいと、登場人物たちは姿なき殺人者の足音に怯えながら、生の執着にかられ、あがき続ける。それはかつて大戦を生き抜いた者としての経験であり、不安であったろう。思えば、あの大戦が終わり、自分たちは平和を楽しんでいたとはいえ、そんななかで、ドイツにはあまりに過重な補償を負わせすぎた。そんななかで、オーストリア、チェコスロバキアなどが犠牲となって侵略され、今また、ポーランド、ノルウェー、フィンランド、バルト三国、オランダ、ベルギー、更にはフランスまでもが呑み込まれようとしている。特にユダヤ人たちは、占領を受けた国々で、ひどい仕打ちを受けているとのことだ。まさに『そして誰もいなくなった』で次々と殺されていく登場人物たちとは、ヨーロッパ各国であり、そこに住む人々である。

そうした犠牲者の列に、今やいつ英国が加わらないとも限らない。世界的帝国として、栄耀栄華を誇っていた自分たちが果たして、単独でドイツに勝てるのか。やはり前の大戦と同じく、アメリカにも参戦を促さねば。そして大英帝国も、イングランド、スコットランド、ウェールズが今までのように連合して戦い抜いていかなければ。

『そして誰もいなくなった』のストーリーは、まさに第二次世界大戦直前の、時代的狂気、閉塞的状況の反映である。どこまでクリスティー本人が強く意識していたかどうかはともかく、この不安の時代が、彼女に世界恐慌以降の時代の空気を吸わせ、『そして誰もいなくなった』を書かせたことは間違いない。

《一九一四年のときほどそれは思いがけないものではなかった。前兆はあった――ミュンヘン協定があった、がわたしたちはチェンバレンの保証に耳を傾け、彼が〝われらが世に平和を〟といっているので、それが真実と思っていた。

だが、平和はわれらが世には来なかった》(『自伝』)

チェンバレンの平和工作にも拘わらず、一九四〇年五月、睨み合いの状態がつづいていた西部戦線はドイツ軍に電撃的に突破され、第二次世界大戦はドイツ軍のポーランド侵攻から半年がたってから、ついに本格的段階へと入った。まさに『そして誰もいなくなった』の不安は当たったのである。

第四章

不安の旅——一九四〇年代

4・1　第二次世界大戦

大戦の勃発

《「戦争の悲惨さ、そのむなしさ――それに恐怖――そういったものがいまのわたしたちには感じとれるのよ。むかしは若かったために考えなかったいろいろなことが」》(『NかMか』)

『NかMか』の女主人公タペンスがそう口にする第二次世界大戦は、一九四〇年五月、ドイツ軍がオランダ、ベルギー、フランスなどとの国境を越えて、新たな局面を迎えた。油断していた英仏連合軍は連戦連敗、月末にはかろうじて三三万の兵が英仏海峡を渡って撤退したものの、六月一四日ドイツ軍はパリに入城し、二二日フランスは降伏した。

世界を支配していた英仏の、あっけなく、信じられない大敗北だった。第一次世界大戦では北フランス国境で食い止め、粘り勝ちした相手に、今回はわずか一ヶ月と持ちこたえられなかったのである。

首都ロンドンへの空襲が始まり、クリスティー夫妻が住むケンジントン公園近く、シェフィールド・テラスのフラットも大きな被害を受けた。ちょうど外出中で命は助かったが、もはや住むには適せず、夫の友人が紹介する高級住宅街ハムステッドのローン・ロード・アパートに移った。

引っ越し先は、日本生まれのカナダ人建築家ウェルズ・コーツが設計し、六年前に建設された「煙突のない巨大な高速船」(『自伝』)のような近代的アパートだった。個別の各戸のほか、共用の広い台所など、モダニズムの思想はデザインだけでなく、コンセプト全体にみなぎっていた。一時、建築家のヴァルター・グロピウス、マルセル・ブロイヤー、写真家のモホリ゠ナジ・ラースロなど、ナチスの迫害から逃れてきたバウハウスの教員たちが住み、「バウハウス・アパート」という綽名《あだな》さえあった。

夫が空軍に志願して北アフリカに赴いたのちも、一人で住み続けたアガサは、次のような思い出を残している。

《ローン・ロード・アパートはマックスがいなくなってもいいところであった。住んでいる人たちは親切だった。また小さなレストランもあって、四角ばらない、楽しい雰囲気があった。二階にあるわたしの寝室の窓の外には、アパートの裏手に長々と延びている堤防があって、大きな木、小さな木が植わっていた。窓のちょうど真向かいに、大きな白い二本のサクラの木があり、大きなピラミッド形になっていた》(同)

周囲の環境とあわせ、クリスティーはアパートに満足していたようだ。文中にあるレストランとは前述の共同台所を一九三七年改造したものである。付近に住んでいた彫刻家のヘンリー・ムーア、抽象画家のベン・ニコルスンとバーバラ・ヘップワース夫婦など、当時の若手前衛芸術家たちも利用客としてやって来て、知的雰囲気に満ちていた。

戦時中の執筆活動

第二次世界大戦中にクリスティーが執筆した長編ミステリは、どのようなものがあったのだろう。大戦勃発直後の一一月に出版された『そして誰もいなくなった』までは、戦前に原稿が出来上がっていたから除外するとして、第二次世界大戦開始の翌年である一九四〇年から、大戦がヨーロッパで終了した一九四五年まで、英国で出版された長編ミステリの新作は一〇冊。年二冊のペースがきちんと守られており、年一冊なのは一九四三年（『動く指』）、四四年（『ゼロ時間へ』）で、これはちょうど一九四一〜四三年の間に、『カーテン』、『スリーピング・マーダー』という、後に発表される二作品を執筆中だったからと思われる（数藤康雄編『アガサ・クリスティー百科事典』）。

すなわちクリスティーの執筆意欲は、第二次世界大戦の勃発によっても、全く衰えていない。「わたしは戦争中に、一部の人たちが感じていたような書くことの困難はおぼえなかった」（『自伝』）と本人も書いているが、空襲によって死と隣り合わせとなったことが、かえって創作行為へと駆り立てたのであろう。だからこそ、不測の事態用としての二冊も書かれたのだと思われる。しかも、そのうちの一冊『カーテン』は、ポワロ最後の作品という内容だった。

一〇編のうち、観光ミステリは『白昼の悪魔』『NかMか』『五匹の子豚』『ゼロ時間へ』『死が最後にやってくる』の五編と、一九三〇年代と変わらず優位を占めている。但し、ここでの観光ミステリは、もともと観光リゾート地だったところが舞台という意味で、登場人物たちが観光中という設定は『白昼の悪魔』に限られる。さすがに戦争中であり、『青列車の秘密』や『ナイルに死す』のような設定を置くのは難しかったのだろうし、唯一の中東を舞台とした『死が最後にやってくる』も、紀元前二〇〇〇年の古代エジプトを描いた歴史ミステリだ。

このほか、娘夫婦をバグダッドに訪ねた帰路、妻の孤独な心理を描いたロマンス小説『春にして君を離れ』、戦前夫マックスとともに行ったシリア遺跡発掘の思い出を書いたエッセイ集『さあ、あなたの暮らしぶりを話して』なども、おそらく戦争中の執筆と思われる。作者の中東への――そして、志願し北アフリカに赴いた一四歳若い夫への――思いはなお強かったのであろう。

『死が最後にやってくる』以外の観光ミステリ、すなわち『白昼の悪魔』『NかMか』『五匹の子豚』『ゼロ時間へ』四編は、いずれも英国南西部の海岸沿いにある観光リゾート地を舞台としている。要するに、戦争中のクリスティーが中東の代わりに舞台として選んだ舞台は、少女時代からよく知っている生まれ故郷トーキー周辺だった。

それにしても、戦争中でも旺盛に一〇編の新作を発表しつづけたとは、当時の日本のミステリ作家が置かれていた状況とは雲泥の差だ。たとえば、同じころ日本では、江戸川乱歩や横溝正史などの作家が厳しく作品を検閲され、太平洋戦争が始まると、少年向けの探偵小説や捕物帳さえ発表できなかった。国策に従うべく日本文学報国会が設立され、ミステリだけでなく、ほとんどの作家、文学者が参加した時代である。これに参加しなかったのは趣旨に納得せず、筆を折った者か、余程の変わり者しかいない。

英国では、大戦中の国家による言論統制はファシストの逮捕が主で、ミステリを含め、小説発表などに行われることはなかった。しかし、作家として戦争に対し、何ほどかの協力的役割を果たすべきという風潮はなかったのだろうか。あるいは作家がそうしたプレッシャーを感じることはなかったのだろうか。

『自伝』を読むと、戦争中のクリスティーは薬剤師の仕事を必死で探している。第一次世界大戦のときに病院で担当として働き、資格も身につけた職種である。国民として果たすべき義務を、彼女は作家としてではなく、薬剤師として果たそうとしていたと推察できる。では、どうして作家として果たそうとしなかったのだろうか。

実は彼女は戦争が始まったばかりのころ、作家仲間のグレアム・グリーンから、「宣伝広報」の仕事をしてみないかという勧誘の手紙をもらっていた（『自伝』）。グリーンは『第三の男』『権力と栄光』『情事の終り』などを書いた二〇世紀英国最大の作家の一人で、海軍次官の伯父をもち、大戦中は情報局第六課（通称ＭＩ６）で働いていた。当時のＭＩ６には、後に００７シリーズを書くイアン・フレミング、『寒い国から帰ったスパイ』の作家ジョン・ル・カレなど、未来のスパイ作家たちもいたことが知られている。グリーンはまさかクリスティーをスパイ業務につけるつもりはなかったろうが、トミーとタペンス・シリーズなどスパイ・スリラーの作品があることでもあり、誘ったのかもしれない。

だが、クリスティーはその勧誘を断った。

《わたしは宣伝には全然むいていない作家だと思っている。というのは、何かの件を一面からだけ見るひたむきな心がないからである。なまぬるい宣伝家ほど効果のないものはあるまい。「Ｘは夜のように黒い」といえて、そう感じるようになろうとする。わたしはそうは絶対になれないと思う》（『自伝』）

果たして、これはどういう意味なのだろう。薬剤師としては国民の義務を果たそうとしながら、作家としては難しいというのだ。その真意はどこにあるのだろうか。

『愛国殺人』

クリスティーの気持ちを垣間見させる作品に、一九四〇年一一月に英国コリンズ社より出した『愛国殺人』がある。ここでクリスティーは、ポワロが何とファシズム運動「黒シャツ党」に参加している一人の青年を救う話を書いている（設定された時期は第二次世界大戦開始直前である）。その青年は警察に殺人犯として逮捕されたのだが、ポワロ自身が会ってみると「弱いものいじめで嘘つき」という不快この上ない男であった。こんな奴など、救う必要はない、自分が事件に介入しなければ絞首刑が執行されて「不愉快な連中の一人がいなくなる」だけだと思う。しかし、結局ポワロは「真実」を追い求めて別に犯人がいることを突き止め、英国政財界の大物を真犯人として告発する。被害者たちは「雌鶏程度の頭脳をもった婦人」や「代わりの利く歯医者」といった凡人たちに過ぎないのだから、「国民の安寧と秩序」を担う自分は見逃されるべきとする犯人に、ポワロは次のように厳しく言い放つ。

《「わたしは国家のことなどに従っているのではありません。わたしの携わっているのは自分の命を他人から奪われない、という権利をもっている個々の人間に関することです」》
（『愛国殺人』）

ポワロの言葉は正しい。たとえ、犯人の社会的地位が高く、公共的使命を果たしていたとしても、その保身のため、邪魔となった個人の命をとってよいことなど、あってはならぬことである。ポワロの判断力は、相手が国家で重要な役目を果たしているエリートであっても、あるいは平々凡々に日々を過ごす一市民に過ぎなくても、何ら変わることはない。たとえ時代が敵と戦い、国家としての結束力を必要とする戦争中であったとしても。

しかし、それでもこの小説で、クリスティーは外国人であるポワロが、英国人を犯人として断罪することに、一瞬の躊躇を覚えたのではなかったか。一九二〇年代ベルギー人を探偵役として創造し、三〇年代そのポワロを主人公とした本格ミステリを書き続けることによって、彼女は人気作家にまで登りつめた。平和なときには、可愛げのあるポワロの性格は愛されこそ、憎まれることはなく、英国人のもっている島国的国民性を小説のなかに挿入しても、かえってやんやの喝采を受けるほどだった。けれど、『愛国殺人』を発表するとき、既に第二次世界大戦は始まっており、クリスティーは外国人ポワロに真犯人として英国政財界の大物を名指しさせることに、勇気を必要としたはずである。

そこでクリスティーの心に浮かんだのは、ポワロと並ぶ英国人の探偵をつくり出せないかということだったろう。作家として国難にあたるべき状況に、何を書くべきか、ということも念頭にあった。といって、自分は作家としての気骨を、あくまで貫きとおしたい。『愛国殺人』でポワロが言ったように、国家としてではなく、あくまで庶民ひとりひとりの目線で、この時代に対処したい。それを説得力あるものとするためには、ポワロのような外国人ではなく、英国人の主人公が必要だ。

一九三〇年代に発表された長編ミステリは一七編中一三編の探偵がポワロと八割近くを占めていたが、戦争中発表された一〇編のうちでは四編と、率として半分以下に減っている。そのかわりに、一九二〇年代から三〇年代初頭にかけて生み出したミス・マープル、トミーとタペンス、バトル警視といった探偵を再登場させている。その第一弾が、トミーとタペンスの「おしどり探偵」を主人公としたスパイ・スリラーの『NかMか』だった。

再びスパイ・スリラーの筆をとる

一九二〇年代、新人作家時代のクリスティーは本格ミステリのほかに、『秘密機関』『茶色の服の男』『チムニーズ館の秘密』『七つの時計』などのスパイ・スリラーを書いていた。このうち最も愛着をもっていたのが、トミーとタペンスという若いカップルのシリーズだったが、短編集『おしどり探偵』を最後に、一〇数年間、登場させていなかった。そこで今や四〇代の中年となった二人が（しかも、トミーは失業中の身だ）、英国情報局から呼び出しを受け、ドイツ・スパイの総元締め逮捕に協力してほしいとの要請を受けるという粗筋である。

「ＮかＭか」というコード名をもつこの総元締めは、どうやら英国南岸の町リーハンプトンのホテルに潜伏しているというので、二人は勇躍そのリゾート地のホテルに向かう。

どうやら総元締めは、英国政府や軍隊内部にシンパをつくっているようだ。もともと英国は「連合王国」と称しているように、イングランド以外にスコットランド、ウェールズ、北アイルアンドなどに分かれ、独立運動家や現状への不満分子もいる。だから、スパイのボスを一日も早く見つけ出して捕えよ、というのがトミーと（夫に協力することになった）タペンスにあたえられた使命であった。

英国南岸の「ざらにある保養地」リーハンプトンに乗り込んだ二人の、ドタバタした（クリスティーのスパイ・スリラーいつもの）活躍があり、その結果「ＮかＭか」の正体は暴かれて逮捕される。政府や軍の幹部にいるシンパのリストが押収できたおかげで、ドイツによる上陸作戦は防がれ、物語は大団円で終わる——。

こう書くと、『ＮかＭか』を、典型的プロパガンダ小説だと思われる向きもあるだろう。確かに、これだけ反ヒトラーの姿勢を明確にした作品は、戦争中クリスティーの他のものには見当たらない。当時空軍を志願しながら、なかなか受け付けられずにいた夫を援護するつもりで書いたとする説もあるくらいだ。

しかし、実は『ＮかＭか』で興味深いのは、こうした物語全体の筋よりも、作品内で登場人物たちが漏らすセリフにある。そもそもこの小説は、他のミステリよりも情景描写や叙述が少なく、テンポのいいセリフで物語が進んでいくのだが、そこにプロパガンダとは正反対といっていいクリスティーの戦争観が漏れ出ているのだ。

たとえば、今回始まった戦争につき、タペンスは次のように言う。

《「わたしだってドイツ人を憎んでいますわ。〝ドイツ人〟と言うたびに、嫌悪が押し寄せてくるのを感じますわ。でも個々のドイツ人のことを考えるとき（中略）、この人たちもおなじ人間なんだ、人間はみんな同じ気持ちをもっているんだ、そうおもいますわ。これがほんとうなんです。もう一つの感情は、わたしたちが戦争ちゅうだけかぶっている仮面なんです。そういう感情は戦争につきものの、戦争の一部です――たぶん必要な一部なんでしょう――でも一時的なものなんです」》（『NかMか』）

『NかMか』全体で、クリスティーは反ドイツを描くつもりだったのかもしれない。しかし、同時に作者は主人公にこうした言葉をしゃべらせずにはいられなかった。反戦小説のつもりはなかったろうが、書き進むにつれ、彼女は戦争の悲惨さ、残酷さ、恐怖を描くことが第一義と信じ、その正直な気持ちに従うことが作家の行くべき道と考えたのであろう。

クリスティーがグレアム・グリーンの誘いに応じなかった理由は、まさに『NかMか』におけるタペンスのこのセリフに示されている。戦争を悲惨なものであると認識するが故に、外国人を憎む感情は、今一時的にもたなければならなくても、最終的に克服しなければならないというのが、この小説の底辺に流れるヒューマニズムだからである。だから、自分は扇動主義の「広告宣伝」に、自分の才能を使うつもりはない、またそうしようとしても、できないと。

『NかMか』は幸せな形では、世間に迎えられなかった。そもそも作品の登場人物の一人ブレッチリー大佐という名前が、英国情報局暗号解読センターのロンドン北方ブレッチリーにあることを示す、ドイツへの暗号の疑いありとして、クリスティーは取り調べを受けた。逆に、アメリカの出版社は『NかMか』の反ドイツ的性格が、アメリカの参戦に反対する勢力を刺激するのを恐れ（当時米国内は参戦の是非で国論が分裂していた）、出版になかなか踏み切らなかった。これらを見て、英国のコリンズ社もまた『NかMか』の書き直しを作者に要請した。

『NかMか』における思いがけない災難は、クリスティーの気持ちを滅入らせ、以後大戦期間中にスパイ・スリラーが書かれることはなかった。トミーとタペンスの再復活に至っては、クリスティー最晩年の二七年後になる。

彼女は今まで自らの開拓してきた本格ミステリを、掘り下げるべきだと思いなおした。たとえ戦争中であろうと、人々は彼女が昔から書き続けてきたミステリを愛し、その延長線上にある新作を待ち望んでいる。確かに戦争中だから、観光というテーマばかりでは非現実的だが、それならむしろ新人作家時代に取り組んだ田園ミステリというジャンルこそ、自分の進むべき道ではないか、彼女はそう思った。

4・2　田園ミステリへ

復活した探偵たち

大戦中、クリスティーは二つの小説を並行的に書くことを常とした。年二冊発表のペースを守りたいのと、別の種類の本を一緒に取り組むと気分転換になるという二つの理由からである（『自伝』）。特にこれは探偵役を変えて書くには便利だった。一九四一年発表にポワロものの『白昼の悪魔』とトミーとタペンス・シリーズの『NかMか』、一九四二年発表では、ポワロものの『五匹の子豚』とミス・マープルものの『書斎の死体』といったふうである。

新人作家だった一九二〇年代、クリスティーはポワロのほか、ミス・マープル、トミーとタペンス、バトル警視などの探偵役を創造した。それが一九三〇年代、エルキュール・ポワロに収斂し、中東を主とした海外観光をさせるようになっていたが、第二次世界大戦の勃発により、探偵役を外国人とすることに問題を感じて、かつての探偵たちを復活させてみようという心の動きにもなったと思われる。

『NかMか』の災難にも拘わらず、第二次世界大戦中も、クリスティーの人気はなお健在であった。当初は戦争の真只中にミステリなど、読者がいるのかと危ぶまれたが、娯楽が少ないことから、人々の興味は読書へ向かったのである。鉄道主要駅や街角にあるW・H・スミス社の貸本コーナー、そしてロンドン地下鉄を利用した防空壕内の図書館で、クリスティーの作家別貸出量はトップ・クラスだった。図書館利用者をヒアリング調査してみると「アガサ・クリスティーにたいしては、大勢の人々が謎解きへの普通の嗜好を超えて、ある特別の感情を抱いているようである。〝心あたたまる〟、〝慰められる〟という言葉が何度も繰りかえし聞かれた」という声が率直に報告された（S・フレムリン「誰でも知っていたクリスティー」）。

そうした読者に、クリスティーは新作をもって応えたが、なかでも特徴的なのが、ミス・マープルの久しぶりの登場である。同じように書いたトミーとタペンスは『NかMか』で挫折し、バトル警視を探偵役とした『ゼロ時間へ』は作品自体の出来はよかったものの、警視自身の個性が薄かった。対して、ミス・マープルは如何にも身近にいそうな老嬢で、クリスティー自身が愛情をもっているキャラクターでもあった。

戦争中の執筆と思しきミス・マープル・シリーズは『書斎の死体』と『動く指』、そして死後発表までコリンズ社の金庫に保管されていた『スリーピング・マーダー』の合計三作である。

時期的に最も早く出版されたのは『書斎の死体』で、アメリカのドッド・ミード社から一九四二年二月、英コリンズ社から同年五月に出版されている。この手の小説を「もう、だいぶ前から書きたいと思っていた」と、クリスティーは『自伝』に書いている。ここで「書きたいと思っていた」という意味は、①「書斎の死体」という設定をもった作品を書きたい、②ミス・マープルを主人公にしたミステリを書きたい、という二つの意味を兼ねている。

第一の意味でいうと、「書斎で死体が発見される話は、本にはしょっちゅう書かれているけれども、実際にそんな事件が起きたという話はただの一度も聞いたことがない」(『書斎の死体』)からで、斬新なミステリを書くことが、クリスティーの狙いだった。出来上がった作品は、ある朝夢から覚めてみたら、自宅の書斎に見知らぬ若い金髪女性の死体が横たわっていたという、驚天動地の冒頭をもつ。後にクリスティーは《ライフ》誌のインタビューで「私が書いたなかで最高の書き出し」と述べている(M・グリペンベルク『アガサ・クリスティー』)。英語も平明、陰惨なシーンもなく、全体的な物語のトーンも穏やかというのがクリスティーの特徴だが、『書斎の死体』も本を開いた途端、第一頁からぐいぐいと読み進ませてしまう迫力と共に、ほのぼのとしたおかしみをもつ作品だ。

二番目の意味の、探偵役としてミス・マープルを再度起用したいという構想は、一九三〇年代『ナイルに死す』あるいは『死との約束』でも検討されていた（『秘密ノート』）。しかし、『牧師館の殺人』のように長編で、舞台をセント・メアリ・ミードのような小さな村に限定してしまうと、どうにも話の運びが単調になってしまう。かといって、そもそも自分の住む村を回ることさえ大儀そうな老嬢を、エジプトまで行かせるにはその経緯の説明も必要だし、現地でも果たして活躍できる体力があるかも説明が必要だ。よって一時は、ミス・マープルものは所詮短編向きだと、諦めもしていたのである。

問題は、ミス・マープルという老嬢の探偵と、彼女の住むセント・メアリ・ミード村との関係にあった。確かに、両者はセットになっていて、切ろうにも切れない。だが、舞台をいつも同じ村にしてしまうと、登場人物は限られ、話の範囲も狭まってしまう。シリーズ化しようものなら、犯人や被害者を含め、ワン・パターンだ。過去一〇年にわたって、ミス・マープルの続編を書こうとしながら、クリスティーが頓挫していたのも、予想されるマンネリズムをどうしたら打破できるか、答えが見出せなかったからだった。

この問題を、『書斎の死体』は、セント・メアリ・ミード村で暮らしているバントリー夫妻の屋敷での、金髪女性死体の発見という事件から始め、次に捜査の結果、この女性が隣県のホテルで働いていることが判明して、謎の中心はむしろ隣県にあると局面を展開させてしまうことで解決した。バントリー夫人とミス・マープルも事件解決のため隣県へと向かい、あとは最終章のエピソードとして、ミス・マープルがセント・メアリ・ミードに帰ってくることを除き、話題の中心は隣県のホテルで展開されていく。舞台が限定される単調さを、『書斎の死体』は、探偵役のミス・マープル本人を村から飛び出させることで解決したのである。

この点、クリスティー・ファンとして読むと、後半ミス・マープルが観光地のホテルに腰を落ち着けたままという展開は（わたしとしては）不満だといえなくはない。単調でなくなった反面、読み終わってみると何か肩透かしをくったような気分になるからだ。わざわざセント・メアリ・ミードから始めたのだから、最後もバントリー邸の書斎に戻って、容疑者を一堂に集め種明かし――とまではいかなくても、もう少し「村」にこだわって欲しかったと思うのである。

クリスティーも、無論それに気がついていただろう。で、彼女は続けさまにマープルものを、もう一作発表する。今度は完全な田園ミステリとして――しかし、全編ずっとセント・メアリ・ミード以外の「村」で――それが『動く指』である。

『動く指』の時代は戦時中か

クリスティーが戦争中に執筆した一一の作品のなかで、時代を戦争中に設定していることが確実なのは『NかMか』である。あとひとつ、これから述べる『動く指』が、戦時中の可能性が高い。

『NかMか』と比べ、『動く指』に戦争中という明確な記述はない。それならどうして戦中と推理されるかというと、語り手のジェリー・バートンが戦闘パイロットであり、怪我をして田園へ療養のためにやって来ているからである。一九四〇年代初頭はドイツ軍のロンドン空襲と、応戦する英国空軍との間で、壮絶な空中戦——いわゆるバトル・オブ・ブリテン——が行われた時期だから、読者がそう解釈して読むのは自然といっていいだろう（グリペンベルク『アガサ・クリスティー』）。

ところが、『動く指』はその肝心の時期を曖昧にしたまま、終わっている。ラストにはある登場人物が海外旅行に行くシーンまで出てくる。当時クリスティーの作品は英米でほぼ同時期に発表されるのが常であったのに（具体的にいえば、アメリカのほうが二ヶ月ほど早いケースが多かった）、『動く指』だけは、アメリカで一九四二年七月、英国で一九四三年六月とほぼ一年のギャップが生じているのも奇妙である。

当時のクリスティーは英国版とアメリカ版とを、少し書き換えて出していた。『生涯』によれば、『動く指』が執筆されたのは『NかMか』と同じ一九四〇年であり、このころ未だアメリカは参戦については議論中で、出版社もクリスティーに戦時色を薄めるよう求めていた。これがアメリカ版で、主人公の怪我の原因を曖昧にした理由であろう。

他方英国版では、当初戦傷として構想されていたものが、コリンズ社が空襲にあって出版が遅れている内に、『NかMか』が当局の取り調べにあったことなどで、こちらも戦争への記述がぼやかされていったと思われる。

後で作者が英国版を修正する手もあったかもしれない。しかし、すでに戦後ともなれば、わざわざ直す必要がないとクリスティーは判断したのであろう。そもそも「一九五〇年四月に書きはじめて、約十五年ほど後、七十五歳のときに書き終えている」と「はしがき」にある『自伝』では、『動く指』を「本当に好きな」一作としながらも、書いてから二〇年近く、再読していなかったと告白しているのだ。

「村」への愛着

このように、その出版自体には曲折を経ている『動く指』だが、ミステリとしては、素直な形で、英国の「村」への愛着をこめたストーリーになっている。

語り手の空軍傷病兵ジェリーが怪我をして半年ほどの入院ののち、医師から次のような調子で身心ともに「静かに楽な気持で暮らす」ことを次のように勧められるところから、物語は始まる。

《「ですから、やはり田舎へ行くのがいちばんいいでしょう。家を借りて、地方の政治や村の世間話やスキャンダルに興味をもって暮すことですよ。隣近所のことを詮索したり関心を持ったりしてね。ま、欲をいえば、近くに友だちのいないところへ行くのが理想的でしょう」》

第一次世界大戦のときも、スタイルズ荘を訪れる途中、ヘイスティングズ大尉は田園で平和で安らかな気分を味わったものだ。傷ついた身心を癒す場として、田園は常に英国人を待ち受け、温かく包み込んでくれる。

そこでジェリーは妹のジョアナとともに、「一度も行ったことがなく、むろんそのあたりに知り合いが一人もいない」リムストックという「世間から忘れ去られた」「小さな田舎の市場町」に住むことを決める。『動く指』には、リムストックにある小路や通り、服地屋、金物、郵便局、よろず屋、肉屋、医者、弁護士事務所、教会、小学校、居酒屋などが描かれているが、『牧師館の殺人』のセント・メアリ・ミードと比べると少し大きい。セント・メアリ・ミードを「村 village」とすれば、リムストックは行政単位的にもう少し大きな、「町

town」といったほうがよさそうだ。だが、ジェリーは「正確に言うとまちがいだろう」が、兄妹間だけの隠語としてリムストックを「村」と呼ぶ。『動く指』の舞台は、あくまでも英国の伝統的村であることがふさわしいのだ。

兄妹二人はリムストックが気に入るが、「見た目にはおだやかな、のんびりした、平和な英国の片田舎」にも、戦争らしきものは影を落としている。二人に家を貸した一人暮らしの老婦人は海外の植民地に投資していたが、今や配当は一銭も得ることができない状態だ。

大変なのはそれだけではない。平和でのんびりとした田舎と思っていたリムストックで、悪意に満ちた匿名の手紙が、無差別に送られ、人々を中傷し始める。最初はゴシップに毛の生えたようなものだと軽く思っていたものが、ついには手紙を送られた弁護士の妻が服毒自殺し、その家の女中が惨殺されたことから、事態は深刻化してくる。かくして牧師夫人は決然として、「よこしまな行いについて多くの実例を知っている人が、この際もっとも必要です!」と近くの村に住む知人のミス・マープルを呼び寄せ、捜査を依頼する。

こうして、英国のどこにでもあるような平凡な「村」での事件解決のため、(小説の中間を越えてから)ミス・マープルがようやく登場してくるわけである。

W・H・オーデン、田園ミステリを論ず

コナン・ドイルは田園を都市より劣るものとし、ホームズに無知と犯罪の集積と断じさせた。しかし、それより後にあらわれたクリスティーにとって、田園はむしろ都市で行われる喧騒から、心を休ませてくれる理想郷として描かれている。『スタイルズ荘の怪事件』で第一次世界大戦、『動く指』で第二次世界大戦の、それぞれ戦火で傷ついた身心を癒してくれる理想郷、それが田園であり、「村」である。

『動く指』にある田舎特有の噂やゴシップも、当初はむしろ人間的なものとして好ましく語られている。そうした世界に身を委ねていれば、かえって保養になると病院の医者も言い、ジェリーたち兄妹も「ここではいやな事件なんか起こりそうもない」と感じる。

ところが、やがて陰湿な中傷の手紙が、自殺や殺人に発展するにつれ、「村」への信頼は揺るぎ、平和な様相は一変する。こうなるとジェリーも、村の人々も疑心暗鬼にならざるを得ない。『動く指』で顕著なのは、冒頭の田園礼賛と後半のお互いへの疑惑との（「こんなことは一度もなかった――わたしの記憶にはぜんぜんありませんわ。小さいながらも楽しい町でした」）ギャップの甚だしさである。

では、田園はシャーロック・ホームズが言ったように、やはり邪悪なるものの集積なのだろうか。殺人の現場として田園を描くことが、アガサ・クリスティーの真意なのだろうか。いいや、そうではあるまい。でなければ、どうしてクリスティーはあれほど田園を親しいものとして、多く書き続けるものか。そして英国人たちが、何故クリスティーのミステリをあれほど愛し、癒しを感じつづけるものか。

二〇世紀の代表的詩人にして、熱烈なミステリ・ファンであったW・H・オーデンは一九四八年に書いたエッセイ「罪の牧師館」のなかで、本格ミステリの舞台としての田園について、次のように書いている。田園がミステリの舞台になるのは、そこが「大いなる悪しき場所」だからではない。ミステリの舞台として、悪しき場所が適切ならば、レイモンド・チャンドラーのように、毎日犯罪の絶えぬ大都市の無法地帯を選べばいいはずだ。ところが、逆にミステリ作家たちは、「神の恩寵を受け」「潔白な社会に見える」田園を舞台として選び、読者たちもそれを支持する。それは村には温かい人間的つながりがあり、穏やかな雰囲気に包まれていて、殺人が起こりそうにないからだ。つまり、田園とは本来「法律の必要のない社会」、「審美的存在としての個人と倫理的全体としての間に矛盾対立のない社会」であり、そんな無垢の社会で、意外にも殺人が起こるからこそミステリが成り立つのである。

ミステリの舞台が田園であることは「エデンの園のようであればあるほど、殺人との矛盾が大き」くなる。だから、舞台は「田舎の方が都会よりもよいし、スラム街よりは屋敷町の方がよい」。何故なら、田園の本質が凶悪だからではなく、逆にその意外性、場違いな点がミステリの興味を高めるからである。ミステリの最後で、探偵は犯人を暴き、本来の田園が持つ、エデンの園的神聖さを回復させる。だから単にトリックを暴き、犯人を逮捕するだけでは不充分だ。探偵は多くの登場人物が心配し、各々が隠蔽していた秘密や不安も杞憂に過ぎなかったことを明かして、犯人を除くすべての人々の生活を幸せの内に戻さなければならない。つまり、田園を、法ではなく、「あくまで愛」によって支配された「無実の状態」に復すことがミステリにおける探偵の使命なのである。

クリスティーと田園ミステリ

W・H・オーデンの説は、必ずしもクリスティーを特定したものではなく、この時代の田園ミステリ一般を対象としての話である。しかし、オーデンの脳裏には、クリスティーやドロシー・セイヤーズらが好んでミステリの舞台として選ぶ「メイヘム・パーヴァ」があったことは間違いない。ちなみにオーデンが、この論文を発表したのは、『動く指』が英国で出版された五年後である。

オーデンの言説を参考に、クリスティーのミステリを読み解くと、わたしは多くの英国の読者たちが彼女の描く田園にひかれていったのには、以下の理由があったと思う。

クリスティーの田園は途中で殺人が起きても、最後にユートピアに回復することが約束されている。だから『書斎の死体』での冒頭シーンはユーモラスだし、『動く指』でも登場人物たちの多くは善人で、最後にリムストックに平穏が戻ることを、読者は期待する。そしてこの期待は、決して裏切られない。

クリスティーのミステリは、一九世紀の閨秀作家ジェイン・オースティンの田園小説に似ている。『高慢と偏見』や『エマ』など英国の田舎を舞台とした彼女の小説では、田園でさまざまな事件が起き、登場人物たちが難儀と誤解に巻き込まれる。だが、最後にもめ事は明敏なヒロインによって解きほぐされ、複数の男女のカップルは結婚へと導かれて、村には予定調和的な平和が回復する。『動く指』でも、語り手のジェリー、妹のジョアナ二人それぞれが愛する人を見出し、結婚するところで、物語はめでたし、めでたしで終わる。クリスティーは犯人が逮捕され、語り手たちが幸せになって事足れりとするだけでなく、更に多くの登場人物たちひとりひとりに愛情を注ぎ、小説の最後で彼ら各々の行く末に、きめ細かく、彼らなりの幸せの方向を暗示して終わらせている。

当初ドイツとの戦いに惨敗し、国家存亡の危機に追いつめられたとき、英国人たちが決意したのは、自分たちの先祖が住み続け、今も自分たちが暮らす国土、田園を守ることだった。『動く指』は、その戦いに傷ついた戦闘パイロットであるジェリーの田園再発見の物語である。この小説の背後には、なお戦い続ける英国人たちの姿がある。イングランド、スコットランド、ウェールズ、北アイルランドの様々な民族が連合してつくられた王国、支配階級・

ジェントリ・中産階級・労働者階級と分かれ、教育程度もものの考え方も違う、そして数年前に退位した前国王をはじめ、分断の危険性を常にはらみながら、彼らが守るべきなのは世界に冠たる大英帝国でも、その富でもなく、このまま敵に負ければ、自分たちの国土が——もっとはっきり言えば田園が——踏みにじられてしまうという危機感でなければならない。そのポイントを、クリスティーの田園ミステリはついている。

これはクリスティーが国民への戦争プロパガンダとして、田園ミステリを書いたという意味ではない。前節で述べたように、クリスティーは自己のミステリを、戦争のための広報宣伝とするつもりはなかった。あるいは『NかMか』を一時はそうしようと思って書き始めたかもしれないが、結局できなかった。しかし、読み手である英国人からすると、田園のために故国を守ろうとする決意と、クリスティーのミステリに癒しを求める気持ちは、どこかでつながっていたように思う。そうした英国人の心の内にひそむ田園への愛が、アガサ・クリスティーを戦時中、田園ミステリを書き続けさせ、他方では、国難にあたって英国人を団結させ、苦しくつらい六年間の第二次世界大戦を戦わせしめたのだと思う。

戦時中クリスティーの本が売れたのも、こうした田園を舞台にしたからであったろう。彼女のミステリ初年度売り上げが、二万部を突破したのは、一九四二年に出た『五匹の子豚』が二万四〇〇〇部で、次いで翌年六月の『動く指』が二万五〇〇〇部で、いずれもほぼ売り切っている（『生涯』）。『五匹の子豚』はクリスティーの別荘グリーンハウスをモデルにした屋敷を舞台にした田園ミステリだが、ポワロものだった。ミス・マープルが探偵役の『動く指』がそれらに劣らぬ売れ行きを示したのは（一九三〇年『牧師館の殺人』の初版売り上げがポワロものの半分であったことと比べると）、老嬢がポワロと並ぶもう一人の代表的探偵として認知された証拠である。

戦前のクリスティーは一九三〇年代、初版売り上げ一万部台で、確かに人気あるミステリ作家の一人だった。しかし、戦中にも拘わらず、初版売り上げ部数が倍増した事実は、驚異的である。アガサ・クリスティーはついに人気作家を越え、国民作家への道を歩み始めていたのである。

戦時内閣における国土計画と田園

クリスティーのミステリと同じような現象、すなわち田園の重視が、当時英国政府が行っていた国土計画にもあらわれていたことを指摘して、この章を終えたい。

責任をとって辞任したチェンバレンの後を継ぎ、国難というべき時期に首相の地位についたウィンストン・チャーチルは、すぐさま野党である労働党、自由党に協力を呼びかけ、挙国一致の戦時内閣を組んだ。彼が取るべき道は、何とか戦争を持ちこたえながら、アメリカの参戦を求める外交に注力するしかない。外務相、陸軍相、海軍相、大蔵相、植民相、情報相、食糧相など、戦争遂行のための重要ポストを保守党が抑えたのは、このためである。

他方、労働党に対しては、党首のクレメント・アトリーを副首相にするだけでなく、内務相、厚生相、労働相など内政面を任せた。ゼネ・ストや休戦キャンペーンが起きる恐れを、労働党の力で食い止めたいと考えたからであろう。第一次世界大戦では、戦闘で決着がつかぬまま、ドイツやロシアの国内で革命が起きた記憶が、チャーチルにはあったに違いない。

労働党の大臣たちは、自分たちが政権についたときの実行案件として検討中だった社会保障、産業の国家統制、都市・田園計画の強化などで、見事にその役割を果たした。たとえば、国民健康保険制度は暫定的に戦中から始められている。

国土計画、都市計画などの検討も、チャーチル戦時内閣で、特に労働党のイニシアティブで行われた。戦時下での工場や人口の分散、そして戦争が終わった後の復興計画をつくることも労働党の担当だった。そしてそれらの検討の重要なポイントの一つが、産業革命と大戦で荒廃した田園をどう回復させるか、ロンドンなど大都市の拡大のなかで、都市と田園をどう共存させていくかという課題であった。

最も典型的な例が、戦災を受けた首都の復興計画として、ロンドン大学のパトリック・アバークロンビー教授が一九四四年に公表した《大ロンドン計画》である。産業革命以降、人口と産業の集中が問題となり、ドイツ軍の空襲でも大きな被害を受けたロンドンの都市問題を、郊外の計画的開発によって解決しようというもので、そのヒントになったのは二〇世紀初頭、エベネザー・ハワードによって提唱された田園都市の構想だった。ロンドン地域を同心円状に、内部市街地―郊外市街地―緑地帯（グリーンベルト）―外郭地帯として捉え（図2参照）、既成の内部市街地では一定の高人口密度までを認めるが、それ以上は郊外に移転させる。ただ、郊外といっても現在の郊外市街地は環境確保のため、これ以上の開発は認めない。更にその外側、つまり都心から三〇キロメートルの地帯も緑地帯として確保しておく。そしてむしろその外側の外郭地帯を、都心からあふれ出した産業や人口の受け皿として、新たに計画的に開発する地帯とする。ただ、今まで田園地帯だったこの外郭地帯の開発は、単なる都市化であってはならない。むしろ今までこの地にあった田園を残し、環境を保全した開発を公共の力で推し進めるために、エベネザー・ハワードらの提唱した田園都市をモデルとし、職場と住宅をもつ自律的性格での、都市と田園が調和した環境の創造を目指す――というものである。

この《大ロンドン計画》に、ミス・マープルが住むセント・メアリ・ミードはどう含まれるのだろうか。実はクリスティー晩年の長編『復讐の女神』で、ミス・マープルは「とても小さな村で、ルーマスとマーケット・ベイジングの真ん中あたりです。ロンドンからは二五マイルほど」と説明している。二五マイルとは、およそ四〇キロメートル。まさに緑地帯のすぐ外側であり、都心から産業と人口が移転する受け皿としての外郭地帯だ。《大ロンドン計画》は、英国国民の心をとらえた。何しろ、戦災で焼け出され、住むところに困っていたのが、人並みのきちんとした庭付きの家に住め、付近には公園も豊かでレジャ

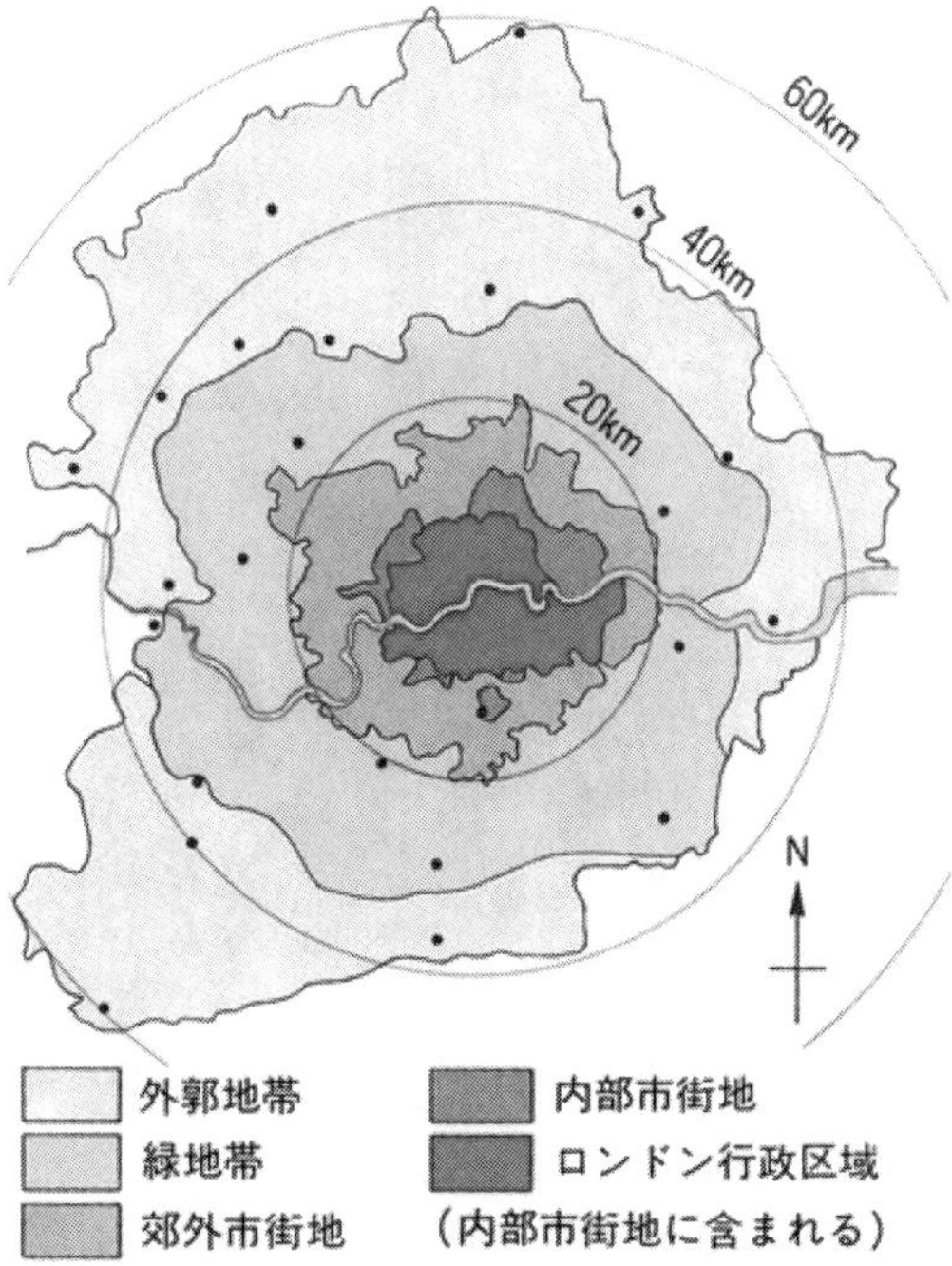

図2　アバークロンビーの《大ロンドン計画》

ーも楽しめ、就職先も近くにできるというのだ。そうだ、今こそナチスとの戦いに勝って、英国の国土を守り、田園に満ちた素晴らしい国につくり替えよう。産業革命によって失われた田園を回復し、ロンドンを緑あふれる都市として蘇らせよう。そしてその緑地帯の外側に田園都市を建設し、皆で住もう。

戦時内閣でつくられた計画は、労働党支持者だけでなく、ジェントリや中産階級も含む「国民的合意」となって、英国人の心をとらえた。それはチャーチル首相が演説のたびに述べてきた大英帝国の輝かしい復活よりも、多くの英国人にとっては魅力的だったのだ。まさに、田園がさまざまな英国人が団結するモチベーションとなったのである。

一九四五年五月、ドイツが無条件降伏すると、英国では戦時内閣が解消され、七月総選挙が行われた。チャーチル率いる保守党が戦勝の功績を誇り、大英帝国の復活をアピールしたのに対し、労働党が呼びかけたのは戦時中に自分たちが検討した社会福祉国家の建設だった。国民健康保険制度の創設、主要産業の国有化、そして公的住宅建設と大ロンドン計画をはじめとする都市・田園計画の実現。お得意のVサインでほほ笑むチャーチルをポスターに使った保守党に対し、労働党は戦時中に検討してきた社会福祉国家建設をマニフェストとして掲げた。結果は下院議席獲得数で、保守党が一九七議席と半減したのに対し、労働党は倍の三九三議席という地滑り的大勝利だった。

第五章

田園の旅——一九五〇～六〇年代

5・1　帝国の解体

社会福祉国家

一九四五年、ドイツ、日本の無条件降伏によって、英国は第一次に次いで第二次世界大戦でも戦勝国となった。長く厳しい六年間、時にはヨーロッパで孤立状態となっても、英国人は故国を守り抜いたといえる。だが、それは、アメリカの援助と参戦、そしてヒトラーが英国を追い詰めながら、突然ソ連と開戦するという気まぐれな変心を起こさなければ、勝敗はどちらに転んでいたかわからない薄氷の勝利であった。

チャーチル首相は大英帝国が戦前の状態に回復できた、と国民に高らかに宣言した。今後の世界はヤルタ会談で代表されるように、三大国、すなわちアメリカ、ソ連そしてわが大英帝国によって支配される。第一次世界大戦が終わったときと同じように、輝かしい時代が再びやって来たのだ、と。

しかし、実はそのヤルタ会談とは、重要事項は米ソ間で決められ、チャーチルは疎外の悲哀を味わった催しに他ならなかった。ヨーロッパで戦火が止んだ直後に行われた総選挙で、労働党が勝ったのは、その未来志向のマニフェストとともに、ヤルタ会談での実情を国民がよく認識していた結果だったともいえる。もはや英国は「太陽の沈まぬ帝国」を保つことはできない。それよりもかつての栄光を捨て、国民の生活を重視した社会を建設するべきだ——とする労働党政権下の六年間が始まった。

すなわち①社会福祉制度（健康保険、年金等）の充実、②主要産業の国有化（石炭、鉄道、電気、鉄鋼、ガス等）、③都市・田園計画の実現（都市・田園計画法の強化、公的住宅の建設、大ロンドン計画とニュータウン建設等）などを柱とした「社会福祉国家」の建設である。労働党政権は戦時内閣において既に検討を行っていた、これら計画を迅速に着手する。

労働党政権は外交でも、帝国としての軛《くびき》を逃れる方策をとり、入植したユダヤ人とアラブ人が対立するパレスチナの処置を国連に任せて撤兵、今まで英国が独立運動に厳しい弾圧を加えてきたインドに対しても、パキスタンとの分離という形で、双方の独立を認めた。これら帝国の自主的解体は、その後保守党政権に戻ってからのスエズ出兵失敗や、インドシナやアルジェリアなどの植民地で泥沼の状態に陥ったフランスの例などをみると、正しかったといえる。

ただ、はっきりしたのは、若いときは海外の植民地で働き、余生を本国に帰って暮らすとか、あるいは国内にいて、海外投資からあがる利子で生活するといった、かつてジェントリや中産階級が送っていた優雅なライフスタイルの時代が終わったことである。何しろ大戦でかかった対外債務に新しい社会福祉国家づくり費用をあわせ、アメリカから四〇億ポンド借りた身とあっては（その完全な返済には、実に二一世紀までの歳月を要した）、戦前の復活どころか、戦争中の配給状態からも抜け出せない日がつづく。これでは「そもそもこんな状態になったのは、あのいまいましい労働党政府の責任だ。国全体を炎の中に投げ込んだのも奴らだ」（『葬儀を終えて』）と、慨嘆する有権者もあらわれてくる。彼らのなかにも（あるいはクリスティー自身も）一九四五年の総選挙では、社会福祉国家へのマニフェストに魅せられて、日ごろの保守党支持を変え、労働党に投票した者もいたかもしれないのだが。

もはや高い税金に打ちひしがれる上流階級が、ポワロに依頼料を出す余裕はなくなり、ミス・マープルら中産階級も、メイドを雇うことができなくなった。まさに「戦勝国であったとはいえ、英国が戦争で受けた打撃は、ドイツや日本にも劣らなかった」（君塚直隆『物語イギリスの歴史』）のである。

戦後のクリスティー

大英帝国の解体という時代変化のもと、一九五〇年以降のクリスティーのミステリがどう変貌したかをみてみよう。但し、最晩年の一九七〇年代は、長編ミステリが六編発表されているものの、うち二編は戦中の執筆であることなどから、次の最終章で論じることとし、一九五〇年～六〇年代について検討することとしたい。

発表された長編ミステリの数では、一九四〇年代が一三編（これに加え、死後発表予定で『カーテン』『スリーピング・マーダー』の二編が書かれている）であったのに対し、一九五〇年代一二編、六〇年代九編と漸減の傾向を示している。一九三〇年代から始まり、戦争中も続いていた年に二冊発表のペースは一九五三年、クリスティー六三歳のときをもって終わり、年一冊がクリスマスにあわせて発表されるというスタイルに変わった。今もなおロングランをつづけている「ねずみとり」やマレーネ・ディートリッヒ主演で映画化されたことで有名な「検察側の証人」（映画名『情婦』）など戯曲が発表されたのが五〇年代前半である。しかし、五〇年代も後半以降は、過去に自分が書いたミステリの脚色が多くなり、新しいプロットを考える創作力も衰えていく。

探偵役も一九四〇年代までのポワロ優位から、一九五〇～六〇年代はポワロ、ミス・マープルとの二頭体制に変化した。五〇年代でポワロ五、ミス・マープル四、六〇年代でポワロ三、ミス・マープル三と、数的にほぼ拮抗する。外国人で私立探偵という身分のポワロが、戦前の短編集などでしばしば見られていた、警察との協力、英国政府からの特命任務といった設定が、あまりに非現実的ということがあろう。

今や産業も国有化されるご時世だから、スコットランド・ヤードも官僚機構化が進み、上流・中産階級も重税で私立探偵に依頼する余裕がなくなった。ポワロの方も、もうお金を稼ぐ必要がなくなり、引き受ける仕事も、友人のミステリ作家オリヴァ夫人（『死者のあやまち』『ハロウィーン・パーティ』）、秘書のミス・レモン（『ヒッコリー・ロードの殺人』）、リタイア目前の友人スペンス警視などからの個人的依頼（『マギンティ夫人は死んだ』）、あるいはそうした友人・知人からの伝手《つて》（『鳩のなかの猫』『第三の女』）で持ち込まれる事件に限られていく。戦前は総理大臣の失踪事件解決にまでタッチしていたポワロも、いまや海外への観光や出張に行くこともなく、ロンドンの自宅でミステリの読書にふけり、それに関する論文を執筆中という悠々たる毎日だ。

こうなると序章で示した舞台別グループ分類にも大きな変化がみられてくる。

一九五〇年代で田園ミステリ八、観光ミステリ三、都市ミステリ一、そして六〇年代で田園ミステリ四、観光ミステリ三、都市ミステリ二と、戦前とは傾向が逆転し、田園ミステリが優位になったのだ。

特に戦前の観光ミステリの核だった海外、特に中東を舞台としたものが減っている。中東を舞台とした戦後の作品は、一九五〇年代に発表された『バクダッドの秘密』、『死への旅』

の二作で、いずれもレギュラーの探偵役は登場しない、いわゆる「ノン・シリーズ」のスパイ・スリラーである。

こうした中東ものの変化は、必ずしも作者自身が現地に行く機会が減ったからではない。一九五〇年代、イラク北部のニムルド遺跡（ちなみに、この古代アッシリア帝国の首都遺跡は、二〇一五年イスラム過激派組織ＩＳによって破壊された）に家を借りて、そこで発掘中の夫マックスに会いに行くことを毎年つづけているからである。しかし、さすが現地の情勢は東西冷戦の影響もあって、ポワロがオリエント急行に乗って優雅に遺跡を観光し、ロマンス小説『春にして君を離れ』で、平凡な主婦が娘夫婦に会いに一人旅をするといった安全な状況では、もはやなくなっている。書かれたスパイ・スリラー二作は、クリスティーなりの工夫も感じられるが、グレアム・グリーン、イアン・フレミング、ジョン・ル・カレなど、ＭＩ６勤務経験のある作家たちのものと比べると、あまりに子供っぽい。

さて、観光ミステリに取ってかわって首位となった田園ミステリであるが、これは必ずしもミス・マープルものだけを指しているのではない。

一九五〇〜六〇年代の田園ミステリは合計一二編に及ぶが、主役の探偵で分けるとポワロ五、ミス・マープル四、トミーとタペンス一、その他（ノン・シリーズ）二と、ポワロ、ミス・マープルの両シリーズの数がほぼ拮抗している。つまり、ミス・マープルものが増えたから、田園ミステリが増えたのではなく、ポワロものでも田園ミステリが多くなったのだ。

更にいうと、ミス・マープルものの舞台は、彼女の住むセント・メアリ・ミードにとどまっていない。一九四〇年代でみたように、クリスティーはミス・マープルものがもたらす単調さを、彼女がどこかよその田園や村を訪れる設定で解決しようとした。だから、一九五〇〜六〇年代のミス・マープル・シリーズ七編のうち、セント・メアリ・ミードを舞台としているのは、わずか『鏡は横にひび割れて』一作のみである。

このように見てくると、戦後のクリスティーが読者たちに訴えたかったテーマは、どうもこの田園ミステリに隠されているといって、よさそうである。

ただ、同じ田園ミステリといっても、ポワロ、ミス・マープルという二人の、英国田園への対し方は、かなり違う。そもそもポワロはベルギー人で、英国人の愛する田園や村の良き理解者とはいえず、対してミス・マープルにとって、田園は彼女の居住地であり故郷なのだ（彼女はよその土地に行くと、まずは「ここって、わたしの住んでいるセント・メアリ・ミードととてもよく似ているわ」と必ずいう）。戦後の英国が味わった田園の変貌に対して抱く感慨も違うし、そこから浮き彫りになってくる現実に対する評価も違う。

それをここでは、二人がそれぞれ田園を訪問するミステリについて、みてみよう。

先ずは、ミス・マープルを探偵役とする一九五〇年代初頭の作品『予告殺人』である。

『予告殺人』の冒頭

このミステリは江戸川乱歩が激賞し（「クリスティーに脱帽」）、クリスティーも自選ベスト・テンの一つにあげ、日本のクリスティー・ファンクラブが一九八二年に行った人気投票でも、長編ミステリ全作品中の第四位になっていて（数藤康雄「クリスティー作品のベストテン」）、戦後クリスティー作品のなかでは、作者・読者ともども、高く評価している作品の一つといってよい。

冒頭はあまりにも有名だ。ある朝、チッピング・クレグホーン村に住む人々が地方紙を広げてみると、何と新聞には「殺人お知らせ申します」という奇妙な広告が載っている。村のある屋敷で今晩殺人事件が起こるから、興味のある人はお越しくださいというのだ。広告を読んだ人々は、まさか本当ではないだろうと思いながら、何か面白そうだから訪ねていこうと決める。他方、屋敷のほうでも、自分たちが広告を出したわけではないのに、こう新聞に出ると、きっと何人かやって来るだろうと、おもてなしの準備を始める。平和でのんびりとした英国の村の雰囲気がよく出た、おかしみのある書き出しだ。

ちなみに、登場人物たちはどの家も当の地方紙のほか、全国紙もとっている。そのうちインテリ向けは《タイムズ》、《デイリー・テレグラフ》など保守あるいは中道系。例外は息子が共産党機関紙《デイリー・ワーカー》を読んでいる家くらいだろうか。進歩的といわれる《ガーディアン》は何故か誰も購読していない。大衆が読むタブロイド誌をとっている家もあるが、《デイリー・メール》など、比較的穏当なものにとどまる。クリスティーは購読紙と朝の会話を巧みに使って、登場人物各自の社会的地位、性格、思想をあらわしながら、全般的に彼らが少し保守的だが、典型的中産階級に属す穏健な人々だと暗示している。

『予告殺人』が発表された一九五〇年は、インドとパキスタンの独立や、中東パレスチナ撤兵から二、三年後で、登場人物たちのなかには、労働党政府の施策に不満な老人もいる。だが、彼らにとって、もっと切実なのは、なお窮乏状態がつづく自分たちの生活だ。何しろ戦争以来の配給制度が未だつづいており、中産階級が野菜の自家栽培や、その物々交換で暮らさざるを得ない。「この作品の見どころのひとつは、第二次世界大戦直後の中産階級の生活の変化を、アガサ・クリスティーがじつに丹念に記録し、かつ、実に丹念に利用している点にある」(『欺《だま》しの天才』)とミステリ評論家のロバート・バーナードは、その卓抜なクリスティー論で書いている。

戦前のクリスティー作品で、中産階級は堅実で安定した生活を営む人々として、常に描かれてきた。『予告殺人』を読むと、第二次世界大戦が、その中産階級の人たちの生活を奪ったことがよく分かる。第二次世界大戦がもたらした英国田園の社会的構造の崩壊は、それほど大きかったのだ。

かつては中産階級の家には使用人もおり、新しく雇うときには、前の主人からの紹介状をもとに選別できた。使用人だけではない、村に越してくる者にも、紹介状は必要で、それがないと、新参者は受け入れてもらえなかったのである。

ところが、そうした事情が戦後大きく変わった、とミス・マープルは慨嘆する。

《「戦争からというものは、世のなかがひどく変わりましたからね。（中略）村という村、小さな地方の町という町は、移ってきたばかりの人や、なんの縁故もなしにやって来て住みついた人たちでいっぱいですからね。大邸宅は売却され、田舎家は改装され姿を変えてしまいました。そして住んでいる人たちときたら移ってきた人ばかりで——この人たちについて私たちが知っていることといえば、みんなその当人が言っていることばかりなのです》（『予告殺人』、傍点引用者）

なかには戦争による混乱で、他人になりすましながら、正体の暴かれることを日々恐れている者もいる。まるで松本清張が『砂の器』や『ゼロの焦点』で描いた戦後日本のようだ。

クリスティーの戦後ミステリには、大英帝国の解体により、インド、中東、アフリカなどの旧植民地から、ほうほうの体《てい》で帰国した英国人が多くあらわれる。戦前は外から来る人も、親戚や友人など、何らかのつながりをもち、リタイア後を優雅に過ごす資産ももっていたが、今や来るのは、完全なよそ者で、村には知り合いもいない。その氏素性は彼らの言い分でしか証明できないのだ。『予告殺人』の後に発表されたポワロ・シリーズ作品『葬儀を終えて』で、遺言の内容発表に立ち会うため、集まった親族たちの多くは、長く異国で生活していたため、お互いの認識が難しいし、『死者のあやまち』で、古い屋敷を買った新参者は、使用人たちに自分を「サー」と呼ばせているが、誰もその正体を知らない。

こうして英国人が長く憧れてきたユートピアである田園も、今やよそ者が跳梁跋扈《ちょうりょうばっこ》する失楽園へと化す。一九二〇年代の『スタイルズ荘の怪事件』『アクロイド殺し』、一九三〇年前後の『牧師館の殺人』、そして『書斎の死体』『動く指』など戦争中の作品に至るまでを秩序立てていた田園の平穏が、戦後の『予告殺人』に至って、きわめて危機にさらされていることを読者は感じるだろう。戦中までの田園ミステリでは、最後に犯人以外の登場人物たちは何らかの幸せへと導かれ、大団円で終わるのに対し、『予告殺人』はむしろ唐突に真犯人だけが暴かれて終わる。そのあと果たして村はどうなるのか、登場人物たちの間でのロマンスなど、戦前・戦中のクリスティーがラストに必ず配慮していた大団円は、『予告殺人』では、共産党シンパの若者を除いて、用意されない。何故なら、ミス・マープル自身がチッピング・クレグホーン村ではよそ者であり、事件の真犯人をつきとめただけで、舞台からそそくさと退場してしまうからだ。

日本でも農地改革、高度成長経済による戦後の都市化現象により、田園は大きく変貌した。対して、英国の田園は敗戦による農地改革はなく、都市への人口集中も既に一九世紀に経験していたはずなのに、戦後の変動はこれだけ大きかったのだと驚かされる。

クリスティーの戦前のミステリでは、エルキュール・ポワロが探偵として事件を解決するだけでなく、登場人物たちの疑心暗鬼を取り除き、村に安穏を取り戻した。ミス・マープル・シリーズでも、戦争中の『動く指』では、老嬢自身は事件解決以外、積極的役割を果たさなかったものの、語り手の兄妹が中傷と殺人に満ちた田園に、平和を回復させる役目を担った。しかし、『予告殺人』では、この役はまさにミス・マープル自身が行なうべきだった。そのためにクリスティーは、今後老嬢の性格をもっと積極的に、舞台の前面へ押し出してこなければならない。一九五〇年代前半はそれまでの年二冊発表というペースが一冊に減り、しかも探偵をポワロとミス・マープルの二頭立てに変えたなかで、クリスティーは探偵の（具体的にはミス・マープルの）性格描写において、考え直さなければならない時期に差しかかっていたのである。

観光ミステリでもある？　『予告殺人』

『予告殺人』では、実はクリスティーがミス・マープルに明確に行なわせている役割がある。

それは老嬢を「旅人」として設定することである。

実は、同様の設定は戦中から行われていた。『書斎の死体』では、被害者の女性が観光地のホテルで働いていたことが判明し、ミス・マープルはその観光地へと出かけている（そして事件が解決するまで帰ってこなかった）。続く『動く指』でも、知人に依頼されてチッピング・クレグホーンにやって来て、その知人の家に身をよせながら、事件を解決する。

舞台をセント・メアリ・ミードに置かず、その舞台あるいは近隣の地域に、旅人あるいは観光客としてやってくる設定は『予告殺人』では、更に色濃い。被害者は舞台のチッピング・クレグホーンに近い保養地にあるスパ・ホテルで従業員として働いており、たまたまミス・マープルもそのホテルに滞在していて、事件に巡り合うのだ。

この設定は、ポワロが中東や地中海沿岸で巡り合う戦前の観光ミステリと似ている。にも拘わらず、『予告殺人』を田園ミステリに分類したのは、トーキーやボーンマスといった実在の観光地としての地名が明記されていないからである。しかし、大英帝国の栄光が終わり、戦前のように海外の観光地にセレブ的旅行ができないとあっては、これが当時の英国中産階級の観光の実状なのだ。つまり、戦後のミス・マープルものに至って、田園ミステリと観光ミステリとは、きわめて重なってきているのである。

老嬢が旅人（あるいは観光客）であるというパターンを、その後もクリスティーは何度も使うことになる。作中で中産階級が配給生活で日々の食事にも喘いでいる一九五〇年、つましく生活しているはずの老嬢がスパ・ホテルに観光にやってくるなど、果たして可能だろうかという疑問がわく読者がいるかもしれない、その答えは彼女自身の説明を聞こう。

《「それになんですとも、このホテルに泊まっていられる身分じゃございませんわ。当今では、目の玉がとびでるほど、ホテルじゃ高くとられますからね。でも、あなたレイモンドが――ほら、私の甥のレイモンドですよ――（中略）そのレイモンドが、あなた私の費用を何から何までもつといって聞かないのでございます」》（同）

このあとも叔母思いの流行作家レイモンドはさまざまの観光を用立ててくれ、一九六〇年代になるとカリブ海のリゾート地、ロンドンの高級ホテルにまで滞在する費用を負担してくれるのだが、一九五〇年の水準では、それは近くの（平井杏子氏はコッツウォルド地方と推察しておられる。恐らくそうであろう）スパ・ホテルだったということになる。

つまり、田園ミステリのなかでのミス・マープルものとは、自分の住む村だけでなく、内外の村や観光リゾート地を、流行作家の甥持ちで旅して回るという観光ミステリの性格をも兼ね備えている。ここに、クリスティーは『牧師館の殺人』などで陥ったマンネリズムを打破し、戦後英国でポワロと並ぶミステリ・シリーズとして確立できた理由がある。『予告殺人』は初年度五万部を売り切り、七年前の『動く指』の倍以上の売り上げをみせた。

エルキュール・ポワロに並ぶ探偵役として、クリスティーははっきりとミス・マープルを位置づけた。このあと『魔術の殺人』、『ポケットにライ麦を』、『パディントン発4時50分』と、ほぼポワロと交互にミス・マープルのミステリは執筆される。その主たる舞台は、英国の典型的村あるいは屋敷ではあるが、彼女の住むセント・メアリ・ミードでは必ずしもない。さすがに、いつも甥のおごりというわけにもいかないので、『魔術の殺人』では知人の依頼、『ポケットにライ麦を』や『パディントン発4時50分』では知人の身の上に起こったことにし、自らが乗り出すというスタイルをとっている。しかし、そこでいずれも老嬢はよそ者であり、旅人である。簡素な宿屋や知人の家に泊まりながら、ミス・マープルは、事件に積極的に立ち向かっていく。

戦後のエルキュール・ポワロ

対して、ベルギー人の探偵エルキュール・ポワロの戦後はどうだろうか。
一九五〇～六〇年代のポワロ・シリーズの舞台が、ミス・マープルと同じく、英国国内の田園かロンドンであることは既に述べた。しかも、それはイングランドに限定され、スコットランド、ウェールズ、北アイルランドなどではない。更にロンドンのパディントン駅からクリスティーの生地トーキーまでの経路あるいは近辺が多く、イングランドでも、北部の景勝地である湖水地方や南部の人気海水浴場ブライトンなどは省かれている。要はミス・マープルものと同じで、クリスティーの生地トーキー近辺、あるいはロンドンのパディントン駅からトーキーに向かう経路にある地域だ。

ポワロものでもミス・マープルものでも、あるいは観光ミステリでも田園ミステリでも、舞台が同じ地域となれば、主人公がどちらでも、あまり変わりはない。実際、『秘密ノート』を研究したカランによれば、戦後のクリスティーは舞台や人間関係、トリックや筋の運びも定めた最後に、探偵をポワロにするか、ミス・マープルにするか決めている場合もあるという。

ただ、ポワロ、ミス・マープルの二人が大きく違うのは、英国の田園に対する姿勢だ。ミス・マープルは老齢にも拘わらず、招かれれば、すぐ現地へと出発する。旅先でも「ここは私の住んでいるセント・メアリ・ミードとそっくりだわ」と宣《のたま》い、知人や女中の行動を引き合いに出して、人々の性格や犯人を類推し、捜査を開始する。

ところが、都会の住民ポワロはどうにも田舎への旅に腰が重い。何しろ、ロンドンの超一流レストランをご贔屓《ひいき》とし、ホテルの部屋では内装やベッドにもこだわる趣味の持ち主なのだから、田舎などでも、高級リゾート地のような一流ホテルとレストランがあるところでないと、お気に召さない。

《「この年になって、私に残された楽しみ、ただ一つの楽しみは、食卓の楽しみです。幸い、私は大変強い胃袋を持っています」》（『葬儀を終えて』）

田舎で起きた事件に対して、なかなか当地に向かおうとしない性向は、戦中に発表された『杉の柩』の頃から既にあった。依頼人から要請されても、さまざまな調査を依頼人自身に任せ（そうこうするうちに、時として第二の殺人まで起こってしまう）、なかなか当地へ出向かない。粗末な宿屋でも知人の家でも、平気に寝起きできるミス・マープルと、外国人で高級趣味のポワロとでは全くライフスタイルが異なる。実際、英国の田園に関して、ポワロにどのような感想を述べさせるかにつき、戦後のクリスティーはいつも難渋していたに違いない。

そのポワロも、一九二〇年代『スタイルズ荘の怪事件』『アクロイド殺し』のように、田園に住んだ時期もあった。しかし、前者では未だ英国に亡命してきたばかりだったし、後者のときは親友ヘイスティングズに去られ、田舎でのかぼちゃづくりに余生を過ごそうとしていた。結局は、やはり田舎には住めないと悟り、ロンドンに戻ったのだったが。

《「わたしもかつては田舎に引きこもって、かぼちゃでも作ろうかと決心したのですが、駄目でした。わたしにはそういう才能がありません」》（『マギンティ夫人は死んだ』）。

ポワロも年齢を経て、自分の性向を優先したいという気持ちが強くなったのだろう。英国の風習には何とか我慢してきたものの、年をとると、自分の好みや欲望が最優先となるものだ。だとすれば、彼にとって安住の地は、英国では世界都市ロンドン以外にない。

未だ配給が続いている時代に、自宅に招いた人に「口の中で溶けてしまう薄肉」をふるまい、これほどの食材をどうして入手できたか尋ねられて、探偵はにんまりとして、次のように答えるのだ。

《「わたしの友だちにヨーロッパ大陸から来た肉屋さんがいます。わたしは彼のために、家庭的な小さな事件を解決してあげました。それで、その人は大変感謝して、以後ずっと私の胃袋を解決してくれるのです」》（『葬儀を終えて』）

もちろん、その肉屋はロンドンで商売を営んでいる。これでは田舎に行くのを厭うのも無理はない。

そうしたポワロが、田園に赴いたときの姿を、一九五二年、つまり『予告殺人』の二年後に書かれた『マギンティ夫人は死んだ』でみてみよう。

『マギンティ夫人は死んだ』の田園

今まで取り上げてきたミステリと比べ、この作品は必ずしも有名なものではない。あえて取り上げる理由は、他の戦後作品では中盤以降にならないと、現地に向かわないポワロが、この小説では最初から田園へと出かけているからである。

冒頭は如何にも象徴的だ。ロンドンの繁華街ソーホー近くのレストランで蝸牛《エスカルゴ》料理に舌鼓を打ったあと、ポワロは徒歩での帰り道、次のようにつぶやく。

《「そしてわたしは食べることに専念する。けれど、ああ。またしても同じことのくり返しだ。人間は日に三度しか食べることができない。その間には空白があるばかりだ」》(『マギンティ夫人は死んだ』)

ようやく自宅の高級アパートに戻ってみると、旧知のスペンス警視が待っている。退職直前の警視は、小さな村で通いの家政婦をしていたマギンティ夫人殺害事件を担当し、若い男を逮捕したが、どうにも誤認だったように思えてならない。しかし、裁判では既に有罪と確定してしまったので、一刻も早く真犯人をとらえなければ、死刑は執行されてしまう。だから、何とか捜査に協力してもらえないだろうか——というか、すでに自分はリタイア直前なので、ポワロの方で捜査してもらえないだろうか——それは豪華な観光地を舞台にし、富豪の遺産を巡って犯人を探るといった、今までベルギー人が手がけてきた種類とは、まるで逆の、被害者も被告も庶民という事件である。

同じく一九五〇年代、クリスティーは『無実はさいなむ』というノン・シリーズの作品でも、誤認逮捕による死刑執行の問題を取り上げている(こちらは『マギンティ夫人は死んだ』の被告と異なり、無実を訴え続けたにも拘らず、獄死する)。当時の英国では妻子を殺した廉《かど》で死刑になった男が、その後無実が判明という事件が起き、死刑廃止の議論が巻き起こっていた(ティモシー・エヴァンス事件)。『マギンティ夫人は死んだ』の被告には、この事件の被疑者の、ニュース等で伝えられたコミュニケーション能力の欠如した性格が投影されている。

死刑の問題に関して、クリスティーはミス・マープルには死刑制度を肯定させてもいる(『ポケットにライ麦を』)。かつてメイドだった少女が無残にも殺されてしまったときに老嬢が吐く怒りの言葉だが、おそらく作者自身の意見でもあったろう。クリスティーは穏健ではあっても、意外と保守主義的思想の持主である。対して、『マギンティ夫人は死んだ』『無実はさいなむ』の二作品で逆の設定をしているところが、彼女が誤認逮捕の恐怖を忘れていなかった証拠である。

さて、スペンス警視との友情を重んじて、ポワロはすぐさま現地へと向かう。新旧住民の確執という、『動く指』で描かれた戦後田園の問題はここでも共通しているが、登場するのは狭苦しく薄汚れた家に住む子沢山の家庭、義理の娘に残された遺産を手放したくないためにその結婚を妨害する継母、貧しい生まれを隠して社長との結婚に成功した女、毎週タブロイド版の日曜新聞を読むのが日課だった被害者など、貧しさから誇りを失った野卑な中産階級や粗野な労働者階級などが登場する。その代表格がカントリーハウスを遺産で引き継ぎ、宿屋を営んでいるサマーヘイズ夫妻で、中産階級を気取ってはいるが、立ち居振る舞いがどうにもおかしい（これは後で露見する夫人の出自に関する伏線でもある）。

《「サマーヘイズ夫人の料理ときたら、それこそお話にならないのですからね。とても料理と名のつくような代物ではないのです。開けっ放しのドア、冷たい風、腹をこわした猫、長い毛の犬、脚のこわれた椅子、あのいまいましいベッド」ポワロは目をつむって、彼を悩ますいろいろなものを挙げてみせた。「バスルームのなまぬるい湯、穴のあいている階段の絨毯、それにコーヒーだ。あの夫妻がコーヒーと称してすすめるあの液体を、あなたにどう説明したらよいでしょう」》（同）

この民宿の惨状こそ、まさしく、ポワロに、田園へ出かけることを躊躇させていたものにほかならない。ポワロの態度は、シャーロック・ホームズがとった都会人的優越感とは違う。粗野な人々にどう対していいかわからず、途方に暮れてしまうのだ。『スタイルズ荘の怪事件』や『アクロイド殺し』などに登場していた礼儀正しい人々は一体どこに行ってしまったのか。戦後社会がこんなふうに堕ちてしまったから、ポワロは田園への事件になかなか腰をあげようとしないのかもしれない。

それでも『マギンティ夫人は死んだ』では、彼は戦前のときと同じように、村に予定調和的平穏を回復させて、物語を終わらせようと努力する。逮捕されていた容疑者の無実を証明し、警視との友情を果たすだけでなく、容疑者を真に愛する女性を見出し、カップルへのお膳立てをするのもポワロである。また、「自分のすることにきちんとしたところのない」民宿の主人サマーヘイズ夫人に対しては、オムレツの作り方まで伝授するのだ。

《「すっかり仲良しになりました。それに、わたしはサマーヘイズ夫人に、料理の本を進呈しましたよ。それからオムレツの作り方を、手を取って教えましたからね。いやほんと《ボン・デュ》、あの家の食事ときたら死の苦しみだった」》（同）

しかし、こうした苦労を毎回しているのでは、さすがのポワロもやりきれない。『マギンティ夫人は死んだ』の後、彼は事件がどこで起ころうが（田園でなくとも）、なかなか現場に赴こうとはせず、まして個々の登場人物の内面に入り込むこともなくなる。『鳩のなかの猫』や『ヒッコリー・ロードの殺人』、『複数の時計』と舞台はさまざまでも、そんなときクリスティーの筆致自体がもはや雑だ。

真犯人を見つけるだけでなく、登場人物たちの苦悩や秘密までを解決する役割を、作者はむしろ一九五三年に発表された『ポケットにライ麦を』以降のミス・マープルに割り振ったのであろう。この変化も一九五三年前後にあらわれており（まさに年二冊発表のペースが一冊に変わったときだ）、変化は量だけでなく、内容や質的な面でも言い得る。

この変化の中で、ミス・マープルの役割は、もはや単なる警察へのささやかな協力でもなく、事件解決といった域にとどまるものでもない。ミス・マープルは真実を冷徹に見抜く聡明な老嬢から、もっと優しさのある人間性と、邪悪な犯人と対決する正義の遂行者という両面を兼ね備えた女性へと変貌していくのである。

5・2　田園への憧憬

都市・田園計画という「コンセンサス」

一九五一年の総選挙で、保守党は六年ぶりに政権を奪還した。『予告殺人』の登場人物たちが漏らしていたように、労働党政権下で続く統制経済、配給制度に、国民はうんざりしていたのである。保守党が、産業の国有化は中止するが、国民健康保険制度や都市・田園計画などは引き継ぐとしたことも、政権を回復できた大きな理由だった。

たとえば、登場人物に労働党政権の外交政策や配給制度などへの不満を語らせているクリスティーでも、健康保険制度は次のように肯定的に評価させるなど、国民の生活にしっかりと根づいていたのである。

《「いまでは健康保険があるんですもの、しもやけにかかっても、お医者さんに行けばいいんですもの。健康施設もたくさんあるんですから、もう病気で苦しむなんてことは、めったにございませんわ」》(『マギンティ夫人は死んだ』)

大戦の終結とともに労働党によって始められた、社会福祉国家の壮大な実験は取捨選択されるべきときが来ていたのである。だから、それは全面的取りやめではなく、保守党政権下でも半ばは戦時内閣時のコンセンサスとして生き続けることとなった。

変わった保守党政権にとっての最大危機は、一九五六年スエズ運河国有化を宣言したエジプトに対し、フランス、イスラエルを誘って出兵したときだった。アメリカを含む世界中の非難を浴びて、英国は撤兵せざるを得ず、結果として中東の利権を失っただけでなく、莫大な戦費を浪費し、ポンドは下落して世界通貨の地位から退場した。それはもはや帝国主義的発想では世界に通用しなくなったことを示す、大英帝国凋落の象徴的事件だった。

責任をとって辞任したアンソニー・イーデンに次いで首相となったハロルド・マクミランは、アメリカとの関係修復に努めるとともに、重い経済的負担になっているアフリカ、西インドの植民地のほとんどを独立させる思い切った策に出た。六年間の首相在任中に彼がつづけた外交政策は、チャーチルら先輩たちが追い求めた世界的帝国の復活から「スモール・ブリテン」への転換を、保守党として実行したことである。英国の役割を、西側における米欧の調整役と位置づけ、対米関係回復だけでなく、欧州経済共同体ＥＥＣ（現在のＥＵ）への加盟も申請した（が、フランス大統領ド・ゴールの不同意により、却下された）。ちなみに、ド・ゴール引退後、英国の加盟は認められたものの、今日まで続く英国とＥＵとの関係の複雑さは（通貨統合への不参加、そして英国のＥＵ離脱問題など）このときに始まるといっていい。

内政では、労働党が始めた社会福祉、都市・田園計画などの政策を、マクミランはケインズ主義を標榜する「混合経済」という形に転換させて、継続した。戦後の住宅不足を、年間二〇万戸の公的賃貸住宅という形で解決しようとした旧労働党政権（そしてその公約は結局果たせなかった）に対し、民間分譲住宅で三〇万戸建設を実現したなどは、その好例である。マクミラン政権は、アバークロンビー教授が戦時中に作成した《大ロンドン計画》に基づき、ニュータウンや緑地帯など、アトリー労働党政権時代からの政策も継承した。ニュータウンに至っては、規模を人口一〇万以上に拡大して、ランコーン、ピーターバラ、ミルトン・キーンズなど、新規計画に着手さえした。英国はその後、保守党（ヒューム、ヒース政権）、労働党（ウィルソン、キャラハン政権）と政権が交互に代わる時代が来るが、このコンセンサスは生き続け、一九七九年サッチャー保守党政権の登場までつづく。

英国は二大政党制のため、政権交代により、政策が転換することが多いといわれる。産業の国有化と民営化が数年ごとに起きたことなどは、その典型例であり、不効率とスト多発、産業構造転換への対応遅延などの原因となった。逆に都市・田園計画が両党いずれの政権下でも大筋において変わることがなかったのは、戦時中に築かれた「コンセンサス」があったことによる。しかも、このコンセンサスの底流には、古くから英国民が心のうちに抱く田園への憧憬があった。

日本では都市計画あるいはまちづくり、アメリカでは city planning か urban planning、ドイツ、フランスでは、それぞれ Stadtplanung, Urbanisme と呼ぶものを、英国では多くの場合、town and country planning という言葉を使う。もちろん都市あるいは町だけで、town planning というときもあるが、特に法令や大学の学科名などで、あえて country（田園）という言葉を付けるのは、town と country の両者を調和させることが、環境計画の第一義だと考えられているからである。米コロンビア大学都市環境研究所長だったチャールズ・エイブラムス教授は、この town and country planning という言葉を次のように説明している。《この用語は英国特有のものであって、（中略）農地と工場、住宅と道路、教会と居酒屋が、それぞれ巧みに組み合わされて配置され、その結果、英国人が望む田園生活が可能となり、また一定の都市的満足を住民にあたえうるという理論から導かれている。「そうなるならば」と緑地空間を信奉する或る英国の学者はいう。「田園の精神が回復し、男も女も生活を楽しみ、農村住民の真の伝統の中に喜びの本質を見出すであろう」。

英国の都市計画家の心の中には、都市と田園を結び付ける思想が常に存在しており、そのことは国における都市・田園計画省の創設や、都市・田園計画法 **Town and Country Planning Act** の制定に象徴されている。都市を計画する一方で田園を保全してゆくべきとする考え方は、同省の出す白書の中でも強調されており、グリーン・ベルトを大都市の周辺に設け、都市人口を限定するなどの施策にも明確にあらわれている》(『都市用語辞典』、引用者一部改変)

この思想は本書の第二章で、E・ハワード『明日の田園都市』の描いた「三つの磁石」という形で既に紹介した(図1、61頁)。そのほか、文学や絵画などでも、田園の保護、そして都市との共生は英国文化史上、何度も謳われてきた。特に、一九世紀末、工芸家・画家そして社会主義者であったウィリアム・モリスは『ユートピアだより』で、英国の未来図として、あたかも中世が復活したかのような、緑に囲まれ、人々が穏やかに暮らす環境共生型社会を描き、当時の知識人たちに大きな影響をあたえた。これがハワードの田園都市構想を経て、戦後の国づくりのビジョンとして組み入れられていったのである。

モリスやハワードといった革新サイドの思想家だけではなく、保守側には、それよりもっとずっと昔から、田園に暮らすことが理想のライフスタイルであるとする観念が、貴族やジェントリたちの間にあった。

コンスタブル、ターナーの風景画に見るように、英国人が己の田園に対する愛着は昔から強い。庭園を見ても、自然を幾何学的に区切ることを基本とするフランスら、ヨーロッパ大陸の傾向と違い、イングリッシュ・ガーデンは自然そのままの形を尊重した発想である。

これらは中世から近代にかけて、英国が何度かヨーロッパ大陸と争うなかで、生まれてきた独自の美学に由来する。こうしたなかで英国の田園を「ありのままに」愛《め》でることが、貴族やジェントリ層の間で支配的となり、自分たちの領地にそういった邸宅や庭園をつくって暮らすことが彼らの理想のライフスタイルとなった。

この美意識は、近代になって産業革命を成し遂げ、海外との交易で世界を制覇したブルジョワ層たちにもロンドン郊外への居住という形で引き継がれていった。

戦時内閣で、労働党が田園都市に範をとった都市・田園計画の政策を持ち出したとき、保守党から反対意見が出なかったのも、そして一九五〇年代になって保守党が政権を回復させたのちも、それが引き継がれたのは、根底にある田園への憧憬が英国民全体に浸透しており、しかも元々貴族、ジェントリ、ブルジョワ層ら保守党支持者こそが、もっていたものだったからである。

だから、アバークロンビーの《大ロンドン計画》は、保守党政権下でも、なお守られつづけた。そんななかアガサ・クリスティーの読者たちは、自分たちの愛するミス・マープルの住むセント・メアリ・ミードの村が、《大ロンドン計画》で、都心から産業と人口を移転させるとした「外郭地帯」に存在することを、ミステリを読んでいて知ることになる。

セント・メアリ・ミード村の位置と変貌

一九六二年に発表した作品『鏡は横にひび割れて』で、クリスティーは『書斎の死体』以来、実に二〇年ぶりに、セント・メアリ・ミードを舞台とした。それまでミス・マープルは、『動く指』『予告殺人』『ポケットにライ麦を』『パディントン発四時五〇分』と、ロンドン郊外を中心とした村々を舞台に事件を解決してきたが、ようやく本拠地セント・メアリ・ミードへ帰ってきたことになる。実際「この作品は、イングランドの村――特にセント・メアリ・ミード村という限られた空間から一歩も出ないで展開される最後のミス・マープルもの(であり、実は、同じ条件下で展開される最後のクリスティー作品)」となった(M・ブンスン『アガサ・クリスティー大事典』)。

実は、セント・メアリ・ミードが一体どこにあり、ロンドンからどれくらいの距離にあるかについて、戦前・戦中のクリスティーは具体的に書いてこなかった。長編ミステリ第一作

『牧師館の殺人』ではダウンシャー県、第二作『書斎の死体』ではラドフォードシャー県と県名（いずれも架空の地名だが）さえ統一されていなかったのである。それが一九五七年発表の『パディントン発四時五〇分』で、ロンドン西の玄関パディントン駅から汽車に乗って二時間弱の駅で下車、そこから村まではタクシーで一四キロメートルという風に位置と距離とが明確になってきた。どうやらセント・メアリ・ミード村は、ロンドンまで日帰りで行き来できる地域にありそうだと分かってきたのである。

『鏡は横にひび割れて』の後になってしまうが、一九七一年に発表された『復讐の女神』では、「とても小さな村で、（中略）ロンドンからは二五マイルほど」と、老嬢自身が距離までを明らかにしている。二五マイルとは約四〇キロメートル、アバークロンビーの《大ロンドン計画》では、ちょうど緑地帯を抜けたばかりのまさに「外郭地帯」だ。つまり、戦前はロンドンから遠いと思われてきたが、《大ロンドン計画》によって首都圏が拡大し、ロンドン都心から産業と人口を移転させるべき地帯になった。パディントンから西へ四〇キロだと、ハンプシャー県あたりだろうか。ちなみに、一九八〇年代BBCテレビがジョーン・ヒクソン主演で制作したテレビ版のミス・マープル・シリーズでは、このハンプシャー県北部にあるネザー・ワロップ村が、セント・メアリ・ミードのロケ地に使われている。

『鏡は横にひび割れて』は、かつて牧歌的な農村だったセント・メアリ・ミードが、いまや近くの町や都市に――ときにはロンドンにまで――通勤する新住民が住むようになり、多くの新しい家が建設されて、その変貌をミス・マープルが驚いているところから始まる。ある日その開発された地区に「コロンブスが新世界の探検に船出したときのようなおもいで」行ってみると、多くのものが変わっているのを彼女は発見するのだ。

《牧師館のむこうには柵があり野道があって、その先の野原にはジャイルズ農園の牛が放牧してあったものだが、そこが今は――今は……

新興住宅地になっているのだ。

それがなぜいけないのだ？　ミス・マープルはなじるように自分に問うた。これらはみななければならなかったのだ。住宅は必要だったし、あそこの家々はすこぶる便利にできている。少なくとも彼女はそう聞いていた。〈都市計画〉とかいうものに基づいているらしい。それにしても、なぜクローズなどという地名を、わざわざつけているのかが、わけがわからない》（『鏡は横にひび割れて』、一部引用者改変）

ミス・マープルがこだわる「クローズ」という言葉に、ハヤカワ文庫の日本語訳は「境内の意」と注釈をつけているが、これではそれこそ意味不明だ。むしろ敷地計画でいうクル・ド・サック（袋小路または路地）のことではあるまいか。つまり、土地の敷地割を単純な短冊形ではなく、路地を設けている区画をいう。敷地の形状からやむを得ず設けたミニ開発に多いが、計画的な開発で、わざと路地をつくり、それを囲むように住宅群を配置して、街区一帯をコミュニティとして表現している例もある。こうしたクル・ド・サックは二〇世紀前半、アメリカのラドバーンやわが国の板橋区常盤台など計画的な住宅地開発で用いられ、戦後英国のニュータウンでもハーロー、スティブネージなどに例がある。ミス・マープルがいま分け入ったのも、新しくつくられたばかりの、(おそらく公共によって開発された)計画的住宅地のようである。

ちなみに、ロンドン都心からセント・メアリ・ミードまでを二五マイル(約四〇キロメートル)とした、その距離を東京圏にあてはめてみると、新宿駅を起点として、ちょうど八王子駅が約三七キロメートルである。八王子は戦国・江戸時代は関東の軍事拠点、明治から戦前までは養蚕など織物産業で栄えた独立都市的な性格をもっていた。戦後になると、東京への人口集中の受け皿として多摩ニュータウンが建設され、住宅と同時に都心の大学や業務機能も移転する中核都市に指定されて、今日に至っている。

その点で八王子の位置づけは《大ロンドン計画》の「外郭地域」に似ているが、ミス・マープルが見たセント・メアリ・ミードの変貌は、同じ戦後でも、日本の八王子ほど凄まじくはなかったであろう。それでも古いものを尊ぶ英国で、日一日と寄る年波を感ずるミス・マープルにとって、変化は大きく感じられたに違いない。

住宅地が増えれば、それに伴って村の中心地も変わる。教会や牧師館、ミス・マープルの家が軒を並べる中心部の住宅地は前と同じだが、商店街のほうはどうだろうか。衝撃的なのは通りのはずれにできた、スーパーマーケットという「眼ざわりな怪物」だ。ここでは買い物は自分で籠をもって探し回り、しかも最後にレジの前に列をつくって並ばなければならない。『動く指』で年寄りたちが感じたのは、よそ者が紹介状をもって挨拶に来ないとか、有能で信用のおけるメイドを雇うのが難しくなったという程度の不便さだったが、約二〇年後『鏡は横にひび割れて』であらわれているのは、建物をはじめとした目に見える変化、新興住宅地やスーパーマーケットのように「それ自身の実体を持って」いる変化である。クリスティーはこのミステリのタイトルを、当初『新興住宅地の殺人』で考えていたという（『秘密ノート』）。何しろ、ミス・マープルがその新しいセント・メアリ・ミードで驚いている変化とは、ポワロが『マギンティ夫人は死んだ』で戸惑っている田園における都市的利便性の不足とは逆の、田園へ襲来してきた都市的なものに対してなのである。

セント・メアリ・ミードの変貌は、牧草地が住宅地になったとか、スーパーマーケットができたというだけにとどまらない。外見は昔のままのように見える古い住宅街でも、住民たちが大きく入れ変わっている。村の噂話に花を咲かせたお茶の時間は、ミス・マープルにとって良き情報源となったものだが、他のメンバーたちは亡くなるか、この村を去ってしまった。

そんななか、なおセント・メアリ・ミードに留まっているのは、あのバントリー夫人である。『書斎の死体』冒頭では、金髪美女の死体が発見された屋敷の主婦だったが、夫の死後、その土地と建築を往年の名女優に売却し、自分は屋敷敷地の一角にある門衛所を改造して住んでいる。ただ古いだけの、何の変哲もない屋敷だが、そこは古ければ古いほど貴ばれる英国だ。この女優はアメリカ人ながら、英国田園への憧れが強く、こう感激して屋敷を買ったのだった。

《「ほんとうにもってこいのところだわ。わたしが前からあこがれていたとおりの家よ。この静けさ。英国の静寂と英国の田舎。わたしには、ここで暮らしている自分が、必要なら一生でもここに暮らしている自分が、目に浮かぶようだわ」》（『鏡は横にひび割れて』）

もともとの住民であるミス・マープルやバントリー夫人にとっては既に都市化してしまったセント・メアリ・ミードが、都市からやって来た新参者の目からすると、憧れの田園であるところに『鏡は横にひび割れて』の皮肉がある。このミステリの奇妙な題名はアルフレッド・テニスンの詩「シャロット姫」の一節から持ってこられたもので、ラファエル前派の画家たちが好んで描く「運命の女」の題材となり、夏目漱石も初期の短編「薤露行《かいろこう》」で取り上げている。騎士ランスロットを見染め、閉じこめられていた塔を脱け出して、後を追うが、愛を受けいれてもらえず死ぬという、テニスンや漱石のテーマは愛の悲劇だったが、クリスティーの描きたかったのは、虚構である中世的田園に憧れる都会人の悲劇であろう。

ロンドンの自宅から、生まれ故郷トーキーの近くにある別荘グリーンウェイ・ハウスに行く途中、クリスティーはこのように変貌しつつあるロンドン西方の郊外地帯をいくつも見たに違いない。それは都市計画家からすれば、都市と田園の共生を目指した開発かもしれないが、クリスティーら一般人の目からすれば、結局は変化でしかない。都会人がいくら残っているカントリーハウスの古さを愛でたとしても、かつてを知る者の目からすれば、もはや昔の田園ではないからだ。もちろん、開発しなければならなかったのだろう――とクリスティーも、ミス・マープルのように自分に言い聞かせる。そうしなければならなかったし、それがなぜいけないのだと、「自分をなじるように」問いもしただろう。

行われている「都市計画」を批判するほど、クリスティーに専門的知識はないし、野暮な老人だと見られたくもない。人見知りだった少女時代以来、彼女は人の目を引く言動をすることが嫌いだったし、苦手でもある。

だが、もし、あえて感想を言うとすれば――と、クリスティーは考える。今や目にしているものの中に、かつての美しいものはもはや何も残っていない。今自分が見ている田園や屋敷を愛でても、それらはかつてもっと美しかったものとは違う別物だ。かつて私たちが夢を託したコンセンサスは果して正しかったのだろうか。

世の中はどんどん便利になっていく。しかし、時が過ぎゆくということは、多くのものを失っていくことでもある。ヴィクトリア時代、そして二〇世紀前半の時代を、後世の歴史家はただ帝国主義の時代、あるいは二つの世界大戦が起きた悲惨な時代とのみ記すかもしれない。しかし、大事なのはそんな時代でも人々が生きていたこと、高い理想から小さな幸せまでを追い求め、愛し合い、楽しみ、寂しさを感じたりしながら、さまざまに生きていたことだ。そうした過去を呼び起こさせるものは、今の風景のなかには少ししか残っていないけれど、だからこそ、これからわたしはそんな古きもの、良きものを、自分の物語に差しはさんでいこう、たとえそれが単なるノスタルジーだといわれても。それはまた、これからの英国がどこへ行こうとしているか、行くべきかを示す道標《みちしるべ》にもなり得るのだから。

今はもはや取り返すことのできないものを、現在に生きるミス・マープルが追い求めていくことを、これからの自分のテーマにできないだろうか。あるいは、アガサ・クリスティーはそう考えたのではないか。それは時代を過去に設定したミステリを書くという意味ではない。ミス・マープルはあくまで現在、二〇世紀後半の英国に生きている。しかし、戦前のポワロに、中東など大英帝国が支配した地域を観光させ、帝国の繁華を空間的に確認させたように、ミス・マープルを、過去あった良きものを見出させるための旅に立たせるのだ。戦前までは郊外といっても都心からずっとかけ離れていて田園地帯だったのが、戦後急速に新興住宅街が立てられる地域になったところなどを旅立たせるなりして。あるいは郊外の田園地帯だけでなく、かつての大英帝国の植民地的雰囲気がなお残っているカリブ海や、逆に古式豊かな、まるで一九世紀にタイム・マシーンで飛び込んだかのようなロンドンの古く伝統的ホテルなどに滞在させるのもいいだろう。

（しかし、まずは主人公の住むセント・メアリ・ミード自体の変貌から始めるべきだ）

クリスティーはそう考えた。セント・メアリ・ミードが出発点だ。だから今まで曖昧にしてきた地理的位置をはっきりさせ、新興住宅地のようすも体験させる。そんななか、昔屋敷で行われていたような野外パーティが、新しい館の主人によって開催され、新旧住民が招待されて、そこで殺人事件が起きる――

クリスティーはそう思って、ミステリの主軸をポワロから、ミス・マープルに移していったと思われる。『鏡は横にひび割れて』が出た一九六二年以降に発表されたミステリは、探偵別にはポワロもの、ミス・マープルもの共に五編だが、ポワロはほとんどロンドンに居ついたまま精彩がなく、発表された作品も、実は戦中書かれていた『カーテン』以外、めぼしいものが見当たらない。対して、ミス・マープルはカリブ海へ、ロンドンの伝統的ホテルへ、そして英国の著名な屋敷・庭園をめぐるバス・ツアーへと、旅の行く先は広がり、老嬢自身が若やぎ、積極的になってくる。たとえば、退職者向けには西インド諸島などの、明るい太陽に包まれた生活――ここでは英国人に残った最後の植民地、大英帝国の崩壊で失った豪奢な生活が、未だ可能ではないか。「労働党の腰抜けども」（『予告殺人』）が投げ出してしまった楽園が、未だ残っているのではないか。

あるいは、一九世紀のころの雰囲気を、そのまま保った形の伝統的ホテルも、『鏡は横にひび割れて』に出てくるバントリー屋敷より、ずっと由緒格式を感じさせ、従業員もしっかりしていて、まるでタイム・マシーンで大英帝国華やかなりし頃に戻ったかのように錯覚させる建築だ。

ミス・マープルに（あるいは作者のクリスティーに）、そうした心が沸き起こっても、不思議はない。では、どうするか。叔母思いのレイモンドに頼むのが一番だ。かくして、老嬢が理想の英国を求める旅――あるいは「観光」は――、なおつづく。出ることを禁じられた塔を後にしたシャロット姫には、死しか待ち受けていないが、果たしてミス・マープルの運命や如何に？

5・3　カリブ海、ロンドン

ついに海外へ

クリスティーの愛読者にとって、待望の海外観光地を舞台としたミステリは、『鏡は横にひび割れて』から二年後に発表された。『カリブ海の秘密』――タイトルが語るとおり、今まで取り上げてきた地中海沿岸や中東ではなく、西インド諸島のリゾート地を舞台とした作品である。内容は、犯人は誰か、如何なるトリックを用いて殺人が行われたかを問う、本格ミステリだった。

舞台のカリブ海諸島は、クリスティー自身が執筆のため何度も滞在していて、土地勘は十分の地である。だから、いつか取り上げようと、『秘密ノート』に数年前から構想を書きつけていた。その研究者ジョン・カランによれば、『カリブ海の秘密』というタイトルはずっと前のノートから載っているが、最初の粗筋は今のものとは「まったくちがう物語」で、探偵もポワロだったという。ストーリーが変わっていくにつれ、主人公も老嬢に収斂していったらしい。

《いまや自分の創作した人物のように年老いたクリスティーは、カリブ海で楽しい休暇を(中略)、ミス・マープルをひいきして、ポワロに使わなかったのではないかとわたしは推測している》(『秘密ノート』)

もっとも、このカランの推測は、どうだろうか。戦前から多くの観光ミステリを書いたクリスティーは、戦後も同じように観光地を舞台とした作品を書きたいと希望していただろう。戦火絶えなくなった中東ではなく、もっと平穏な観光地である西インド諸島を舞台として選んだのも、ごく自然の選択である。しかし、主人公をポワロでなく、ミス・マープルにした理由が、楽しいリゾート体験を後者に経験させたいという親心から、というのはあまりにも他愛ない。むしろ、カリブ海という、ある意味で戦後の典型的観光地を語らせるのに、戦前のセレブ的観光地を充分に経験したポワロよりも、英国の村に住みつづけているミス・マープルに経験させたほうが、戦後にあらわれたマス・ツーリズムを公平に評価させ得ると考えたのではないか。ポワロだと、英国の田舎に出かけたときと同じく、観光の世俗化を慨嘆させるだけで終わるのは目に見えているからだ。

カリブ海にある西インド諸島はコロンブスの発見以降、スペイン、オランダ、英国と征服者が変わったが、戦後は軒並みに多くの植民地を独立させたマクミラン保守党政権下においても、最も独立が遅れた地域だった。一九五八年に全域が連合して西インド連邦として独立したものの、統制がとれず、トリニダードトバゴ、ジャマイカが離脱、六二年には連邦が崩壊と政治も不安定だった。こうなった理由は、経済がサトウキビ生産によって成り立っており、その利益が英国の本国に住む不在地主たちに握られていた歴史に起因する。砂糖は高価で売れるため、不在地主たちに地域への関心は薄いまま、労働力はアフリカ系住民たちで賄うという、一九世紀的帝国主義のシステムが未だ残っている植民地だったのである。独立で自分たちの利権が失われることを恐れる不在地主たちは本国の議員たちに働きかけるため、如何にマクミランが保守党政権でも、なかなかうまく独立が機能しない。それでもアメリカからの強い圧力で、六〇年代に西インド連邦が崩壊した後、各島毎での独立が行われ、観光資本が入ってきた。といっても、英国トマス・クック社は戦時中から国有化されたままで、一九世紀にエジプトを観光開発したときのような意志もなく、旅行手配業とトラベラーズ・チェック発行など過去の遺産に甘んじている。そんななかで、カリブ海諸島の観光という新しい可能性を実現できるのは、アメリカ資本しかなかった。

経験豊富なマーケティング力、巧みな経営、マニュアル化されたサービスなど、アメリカの観光業者はハワイやフロリダ半島で培ったノウハウを西インド諸島にも注ぎ、カリブ海は瞬く間に楽園へと化した。ジェット機でニューヨークやロンドンから直通便が運航し、現地には飛行場や道路も整備され、従業員にはかつてサトウキビ畑で働いていたアフリカ系、スペイン系などの労働者たちが雇用された。欧米の観光客が押し寄せ、楽しみ、現地に金を落としていく。しかし、利益のほとんどは観光業者により、本国へ持ち去られた。このあたりの構図はかつてサトウキビで儲けた不在地主たちのときと同じで、まさに一九六〇〜七〇年代に世界の観光業界を席巻したマス・ツーリズムの典型であった。

マス・ツーリズムとは、ジェット旅客機時代の幕開けとともに、これを利用する欧米先進国からの観光客が、パッケージ旅行の形で、発展途上国などに大量に押し寄せた現象をいう。有閑階級が中心だった戦前の観光と違って、これらの客は戦後の大量生産・大量消費の経済的活動がもたらした未曽有の経済的豊かさによって出現した一般大衆だった。観光地が発展するには、四つのS（海sea、砂浜sand、太陽sun、そしてセックスsex）が必要であるとされ、まさしく欧米の一般大衆は、この四要素を求めて、世界中から押し寄せた。先進国から開発途上国への観光客数は一九五〇年代に二二五万人であったものが、一九六〇〜六七年で一六〇〇万人に及び、その八割は北アメリカ人と西ヨーロッパ人であったという（安村克己「観光の歴史」）。

マス・ツーリズムは当初、開発途上国においても、経済の活性化や外貨の獲得に利があるとして歓迎された。また欧米先進国でも、それまで一部の特権階級に限られてきた観光の楽しみを、欧米の大衆が享受できるようになったという点で、社会の平等化につながるソーシャル・ツーリズムとして評価もされた。

こうした毀誉褒貶のある「楽園」に、どのようにして七〇歳代の老嬢を赴かせるか。先ずは『予告殺人』のときと同じように、叔母思いの流行作家レイモンドの登場となる。

《「ねえ、ジェーンおばさん、いったいどうして幸福な駝鳥みたいに、砂の中に頭を埋めていなくちゃならないんです？　この牧歌的な田園生活の中にすっかり埋没してしまっている。現実の生活――大切なのはそれですよ」

レイモンドにそんなふうにいわれると、彼のジェーンおばさんはいとも恥ずかしそうな顔をして、「そうね」と相槌を打つのだった。彼女は自分がいささか時代に遅れているのではないかと恐れていた》（『カリブ海の秘密』）

この「恐れ」は単なる気弱さからではないだろう。ミス・マープルは常に古いもの――特に英国の田園――を愛してはいるが、時代の新しいトレンドも否定することなく、好奇心をもちつづけている女性だ。この柔軟さが、彼女に今まで幾多の難事件を解決させてきたといってもいい。だから、重い肺炎を患い、医者から転地療養を勧められて、レイモンドから西インド諸島での療養を勧められたとき、彼女は「いとも恥ずかしそうな顔」を装いながら、カリブ海に興味をもち、甥の親切を受け入れる。そして旅行の手配からホテル、留守宅の管理までを含む全てをレイモンドに一任し、カリブ海という未知の土地へと(少女時代、フィレンツェの花嫁学校に行って以来、二度目の海外旅行として)向かうのである。生まれて初めての飛行機(おそらくジェット機だろう)に乗って。

《「当節の旅行ときたら楽なもんです。飛行機で行くことにしてください」》(同)

その行く先でミス・マープルがどういうものと巡り会うか。彼女の行くところ、必ず殺人ありきだ。先ずは彼女のカリブでの滞在を追ってみよう。

『カリブ海の秘密』に見るマス・ツーリズム

舞台であるカリブ海のサン・トノレ島(バルバドス島がモデルといわれる)に無事着いたミス・マープルは、何日かを過ごして、次のような感想をもった。

《英国の苛酷な気候をあとにして、わたしはついにここまでやってきた、とミス・マープルは感慨にふけった。専用のすてきなバンガローに住み、親しみのこもった微笑を浮かべる西インド諸島の娘たちに身のまわりの世話をしてもらい、ティム・ケンドル[ホテルの経営者]は食堂で顔を合わせると、気の利いた冗談をとばしながらその日のメニューの中からおいしい料理をすすめてくれるし、バンガローから海岸まではほんのひとあしで、海水浴場の座り心地のよい籐椅子に腰かけて海で泳ぐ人たちを眺めることもできる。(中略)

ミス・マープルのような老婦人にとって、それ以上なにが必要だというのか？　それはとても残念なことであり、事実ミス・マープルもそれに気がついていささかうしろめたい思いがしなかったが、彼女は当然満足すべきここの生活に充分満足していなかった。
快適で暖かい――リウマチにはもってこいの気候である。それに景色も美しい――もっとも、少しばかり単調とはいえないだろうか？　しゅろの樹ばかりがやたらに目につく。毎日が判で捺したように変わりばえせず、事件らしきものは決しておこらない。いつも何かしら事件がおこっているセント・メアリ・ミードとは違う》（同、［　］引用者補足）

ミス・マープルがカリブ海で感じる物足りなさは、戦前のポワロが、オリエント急行や南仏のリゾート地では感じていなかったものである。ナイル河下りやオリエント急行で展開された豪奢な観光は、贅沢好きのポワロの自尊心を満足させたし、歴史や文化も豊かだった。対して生粋の英国中産階級出身であるミス・マープルにとって、観光リゾート地としての西インド諸島での生活はちょっと違う。サービスはマニュアル化されていて、どことい って不満はないのだが、ちっとも面白くないのだ。場所が西インド諸島で、ヨーロッパでないからか（それならレイモンドは、英国人に同じように人気のスペイン太陽海岸を叔母に勧めるべきだった）、あるいは単に彼女が外国を苦手としているのか、それとも単なる老人としての保守性や頑固の故か。確かに最後の推理は半ば成り立つ。いま引用した文の後に、ミス・マープルが「つねになにかがおこっていた」と懐かしく思いだすセント・メアリ・ミードでの事件が羅列されているからだ。

《さまざまな事件がミス・マープルの心に浮かんでは消えた。年老いたミセス・リネットの咳止め薬の調合間ちがい、若いボールゲイトの奇矯な振る舞い、ジョージー・ウッドの母親が彼に会いにきたときのこと（あれははたして彼の母親だったのだろうか？）、ジョー・アーデンと奥さんのけんかの真の原因、興味深い人間的な問題の数々――それらが絶え間なしに楽しい人間関係の機会を提供する。せめてここにも、彼女が――なんというか――真剣に取り組めるような事件があるといいのだが》（同）

これらのリストは、セント・メアリ・ミードでのごく日常的な事柄に過ぎず、事件といえる代物ではないように見える。ただ、そこにはミス・マープルにとって「興味深い人間的な問題の数々」があり、「それらが絶え間なしに楽しい人間観察の機会を提供する」。そうした人と人、人間と人間との出会いや事件が、観光には――というか、人間世界全般には――必要だが、システム化されたマス・ツーリズムでは、そうしたものは些末な事柄として削除してしまう。でないと大量消費による利益が出ないからだ。

今までミス・マープルは、セント・メアリ・ミードに住みながら、近くの観光地や村に出かけ、事件を解決してきた。しかし、そこに多くの客で賑わうブライトン、ブラックプールなどは、含まれていない。彼女のお気に入りは「英国のリヴィエラ」といってよいほどに高級で、（クリスティー本人の生まれ故郷でもある）トーキーとその周辺だ。俗化しておらず、高級で、しかも観光客と地域の人々、あるいは観光客同士の出会いがあるなど、効率重視でない、余裕をもった場所。美しい景色や名所旧跡、従業員のサービスやおいしい食事も大事だが、それだけではなく、より人間的なものがなくては、と作者は言っているかのようだ。ことにミス・マープルのような人間心理の洞察者にあっては。

そうしたなかでミス・マープルが知り合うのは、パルグレイヴ少佐という退役軍人である。アフリカやインドで勤務経験がある元軍人や役人は、クリスティーのミステリによく現れるタイプだが、彼らが話すのはそうした大英帝国華やかなりし頃の思い出話ばかりだ。その大佐が、ある夜自分がかつて巡り合った妻殺しの夫の事件の話をしているうちに、その場に集まった人々の顔を見渡して、はっと気づいたかのように突然沈黙してしまう。そして翌朝、少佐は客室で死体となって発見される。医師は死因が突然の発病によるものと診断するが、ミス・マープルには、あのときの少佐の沈黙が身のまわりにいる誰かを、その妻殺しと気づいたからのように思われて仕様がない。こうして密かにミス・マープルが捜査を始めるなか、連続殺人が起きる……。

戦後のクリスティーは、戦前・戦中と比べ、年齢のせいか、作品の出来不出来が激しかった。そのなかで、『カリブ海の秘密』は久方ぶりの本格的観光ミステリとして、何年も構想を温め、推敲もよく練られて、生涯の全作品の内でも傑作の部類に属すといっていい。ただ、もし難をあえていうとすれば、最初に死ぬこのパルグレイヴ少佐以外の登場人物たちが、『オリエント急行の殺人』『ナイルに死す』といった戦前の観光ミステリと比べ、個性的色分けがされていないことだろう。唯一の例外は、ラフィール氏という、八〇歳ばかりの老資本家で、その傍若無人の個性はクリスティー全作品中でも、最も強烈な部類に属する。あまりに強烈すぎて他の登場人物（その中に、犯人もいる）の影が薄くなってしまっているのだ。クリスティー自身、このミステリを最初思いついた動機が、自ら西インド諸島に滞在中、ラフィール氏に似たような老人と出会ったことだったというから（『生涯』）、やむを得ないことなのかもしれないのだが。

《年齢は七〇歳とも八〇歳とも、あるいは九〇歳とも見えた。目つきが鋭く、しばしば無作法とも思えるほどだったが、人々はめったに気を悪くすることがなかった。ひとつには金持ちだというせいもあったが、彼の威圧的な存在のもつ催眠術的効果が、なぜかラフィール氏は彼が望めば人に無作法な態度をとっても許されるのだと思わせるようなところがあったからである》（同）

もうひとつ、『カリブ海の秘密』で面白いのは、殺人事件が連続的に起き、謎が深まるたびに、保養に来たはずのミス・マープルが日に日に若やいでいくことだ。そもそも彼女はいったい何歳だったのだろう。前作『鏡は横にひび割れて』では視力の衰えを嘆いていたはずなのに、ここではもはや、そうした話は一切出てこない。また、『動く指』『予告殺人』では、なかなか前面に出ず、自分の行動を警察への協力程度にとどめていたはずが、『カリブ海の秘密』では運動靴を履いた軽装で、深夜ラフィール氏の部屋を訪れてたたき起こし、男たちを付き従え、「風下からかもしかの群れに近づく猟師のような用心深さ」で現場を抑えて、犯人逮捕を指揮するのだ。抵抗する犯人の反論も、明晰な論理で一刀のもとに切り捨てる。これほどカッコいい場面はクリスティーのミステリの中でも、あまりないだろう。

「過去」への旅

『カリブ海の秘密』をもって、当時世界の観光を席巻していたアメリカ流マス・ツーリズムに対する、ミス・マープルの総括は終わる。戦前のポワロは何度か中東に出かけたものだが、ミス・マープルの場合、再び西インド諸島を訪れることも、更にはよその観光地でマス・ツーリズムを体験することはもはやない。

実は『カリブ海の秘密』を出した翌年、クリスティーは矢継ぎ早に、ミス・マープルものの次作として『バートラム・ホテルにて』を発表している。そしてここで舞台になるのが

『カリブ海の秘密』とは一見正反対の、古式豊かな英国風伝統ホテルである。

『バートラム・ホテルにて』は、カリブ海から帰ってしばらくたってから、ボーンマスあたりの静養を勧める甥夫婦に、今度は自分の方から申し出て、少女時代に一度泊まったロンドンのホテルに、久しぶりに泊まらせてもらえないか、とねだる話である。だから、西インド諸島のときのように、甥のいいなりではなく、このホテルに泊まることは、老嬢本人からのたってのリクエストだった。

《ハイド・パークから出ている、これといった目だたない通りへ入り、左へ右へ一、二度まがると静かな街路へ出る。その右側にバートラム・ホテルがある。バートラム・ホテルはずっと昔からそこにあった。戦争中にその右側の家々が全壊し、また少しはなれた左側の家も破壊されてしまったが、バートラム・ホテルだけはそっくりそのまま残った。そんなわけだから、不動産業者にいわせると傷だらけよごれだらけという状態をまぬがれなかったが、ほんのわずかな費用でもとの状態に修復された。一九五五年には、このホテルは一九三九年当時とそっくりになっていた——高い品格があって、地味で、また目だたないぜいたくさもあった》(『バートラム・ホテルにて』)

戦災の跡が、全く見られず、まるで大英帝国繁栄の頃に戻ったかのように錯覚させるホテル(ここでわざわざ言っている一九三九年とは、第二次世界大戦開始の年に他ならない)。

といって、ホテルに見られるのは帝国の威容や目に見える豪華さではない。むしろ地味でさえある、品格の高さだ。こうした品格さに高い価値を認めたのが、自分たちの時代だった、とクリスティーは言いたかったのだろう。だからこそ、少女時代に一度伯父や叔母と一緒に泊まったときに味わった心のときめきが忘れられず、ミス・マープルは親切な甥夫婦に、一週間の滞在をねだったのである。

そこには、カリブ海で経験したマニュアル化されたサービスとは正反対の、もはや消滅した世界へ回帰したのではないかと思わせる手厚いサービスがある。

たとえば、お茶の時間にラウンジで出されるのは、銀や陶器など立派な器が使われたセイロン風、アッサム風、さまざまに選ぶことができる紅茶だ。供されるマフィンやシード・ケーキも、アメリカのホテルで出てくるものとは違う、まごうことなき本格派で、年取った客などは、もう再び見ることはできないと諦めていた優れものだ。そして客たちに安心感をあたえ、態度も身なりも絵になる給仕長のもと、優雅にかつ礼儀正しくもてなしてくれる給仕や、身を挺して客が銃弾に狙われるのを防いでくれる勤勉なドアマン。

客たちまでもが、何か昔に戻ったかのような服装をして、かつてを懐かしみ、ロビーの喫茶で時を過ごしている。ミス・マープルが不思議に思って、彼らに訊ねてみると、何とホテルが雰囲気づくりのため、宿泊料金を特別に安くし、宿泊させてくれているのだという。今はもうさして豊かではないが、もともと出自のはっきりしたジェントリや中産階級の家に生まれ、昔の思い出を大切にしている人々だ。自分もロビーにいて、編み物をしながら、出入りする人々を観察するのが、このホテルで一番味わうべき最良の経験らしい、とミス・マープルは感じ実行する。大英帝国の繁華を記憶している人々が、美しい思い出に耽るタイム・トンネル――それがバートラム・ホテルなのである。

建築のメイヘム・パーヴァ

だが、ロビーの一角で一人座りながら、人々を見ているうちに、ミス・マープルはやがてこのホテルの裏に、何か胡散臭いものを感じる。確かに過去は美しい。だが、こうした疑似的テーマパークの背後には、何か邪悪な企みが隠されているのではないか。ノスタルジーに身を置く快さを感じる一方で、疑惑を感じたミス・マープルが、ホテルで起きた牧師の行方不明事件の捜査を始めるというのが、『バートラム・ホテルにて』の粗筋である。

未だ読んでいない方にこう書いてしまうと気が引けるが、実はこのミステリの出来はあまりよいとは言えない。最初に提示されるバートラム・ホテルの魅力が高じすぎて、ミス・マープル・シリーズいつもの本格ミステリを成立させることが、事実上不可能に近くなっているからだ。こうなると、トミーとタペンス・シリーズのようなスパイ・スリラーの線でいくしかなく、実際そうなっている。結果として、いつもクリスティーがこのジャンルでそうなるように、最後はドタバタのおとぎ話だ。精密なトリックを考えなくていい分、想像力を自由に羽ばたかせられるので、クリスティー自身はスパイ・スリラーを書くのが好きだったようだが、『バートラム・ホテルにて』の評価があまり高くないのは、このあたりに理由があるであろう。

ミス・マープル・シリーズには晩年三部作説というのがあり、『カリブ海の秘密』、『復讐の女神』（後述）、そして結局着手されなかった一編（仮題『女性の分野 Woman's Realm』）ということになっている。書かれた時期が『カリブ海の秘密』と『復讐の女神』の間にも拘らず、『バートラム・ホテル』が入っていないのは、本格ミステリとするには無理があるからであろう。しかし、この三部作構想という説自体、霜月蒼氏によれば、日本人の間でしか言われておらず、その信憑性に疑問が呈されている（『アガサ・クリスティー完全攻略』）。

あえて三部作というなら、わたしは『バートラム・ホテルにて』を入れるべきだと思う。何故なら、『カリブ海の秘密』『復讐の女神』という前後の作品とともに、『バートラム・ホテルにて』も、主人公の旅（あるいは観光）という構成をとっているからだ。それまでの作品も、近隣の観光地に出かけるという構成ではあったが、この三作品は海外のリゾート地、ロンドンの伝統的ホテル、国内のバス・ツアーと、更に観光の要素が強い。しかも、その旅は『鏡は横にひび割れて』で、セント・メアリ・ミードの風景が変貌したことを、ミス・マープルが認識した後から始まる。戦前の観光ミステリが、ポワロを仲介役にして、中東など当時の植民地を舞台に、読者を「空間」的に旅へといざなう作品群だったとすれば、『鏡は横にひび割れて』を起点として『カリブ海の秘密』『バートラム・ホテルにて』そして『復讐の女神』は、大英帝国の時代に誇っていたもの（田園、植民地、ロンドンの伝統的ホテル、庭園など）を思い起こし、どこかに今も残っているかもしれない良きものを見出そうとする「時間」的な旅を、読者に誘う作品である。

よって、それは今や存在しないものへの愛着と悲しみに満ちた旅とならざるを得ない。老嬢が住み、訪ねた田園をメイヘム・パーヴァとすれば、バートラム・ホテルはまさに、その建築版なのだ。そこでわれわれはいっときの思い出にひたり、懐かしく思い出すことができる。そして単なるノスタルジーにひたるだけでなく、そのとき英国がもっていた気品や毅然さ、真実への追求を、再び認識し、今後に生きる道標とすることもできる。思えば、それが老嬢になお残されたわずかな人生を費やして、旅をつづけさせる理由なのであろう。

その旅は、シリーズで最後の作品となる『復讐の女神』で終わる。ここで実際にミス・マープルは英国の田園をバスに乗って回ることになる。が、次の最終章では、その前に戦時中にあらかじめポワロ最後の事件として書かれ、ずっとしまいこまれていた『カーテン』について触れ、そのあとで『復讐の女神』について論じて、クリスティーのミステリと観光との関係をまとめることとしたい。

第六章

最後の旅——一九七〇年代

6・1　白鳥の歌

エルキュール・ポワロ死す

一九七五年八月六日、アメリカの有力新聞《ニューヨーク・タイムズ》の一面に次のような見出しと記事が掲載された。

《「高名なベルギー人探偵、エルキュール・ポワロ死す」

国際的に有名なベルギー人の探偵エルキュール・ポワロがイングランドで亡くなった。年齢不詳。

ポワロ氏は一九〇四年、ベルギー警察を退職の後、私立探偵として名声を確立した。アガサ・クリスティーの小説に記された彼の業績は、文学史上最も輝かしいものの一つである……》（引用者訳）

このときクリスティーは既に八四歳、恒例だったクリスマスにあわせた新作発表も、前年は過去の作品をまとめた短編集『ポワロ初期の事件』のみにとどまった。前々年の『運命の裏木戸』では、最後にストーリーの辻褄を合わせるのに四苦八苦となって、完成が危ぶまれたほどだったので、新作はもはや望むべくもない状態だったのである。一九七〇年代になっても、なおクリスティーの新作は売れ続け、『フランクフルトへの乗客』は初版五万部を売りつくしたが、それは世界的作家という名声ゆえにすぎない。同じ七〇年代に自信をもって書いた戯曲「フィドラーズ・スリー」が、興行的に失敗し出版もされなかった事実のほうが、実態をよく伝えていたといえよう。

今年の分の新作はもはや無理だと考えたコリンズ社は、同社が保管している未発表二作品のうち一作を、娘のロザリンドと話し、出版することに決した。その二作とは、クリスティーが第二次世界大戦中、空襲で死の不安を覚え、もしものときの最終作として発表できるよう書いていたもので、ポワロものとミス・マープルものがそれぞれ一作ずつある。ミス・マープルを主人公とした『スリーピング・マーダー』は、設定された時代が一九三〇年代。もう一つの作品『カーテン』はポワロを主人公とする処女作『スタイルズ荘の怪事件』の後日譚で、探偵の死がラストにある上に、作品としての出来はよく、こちらこそ公表が適切と考えられた。冒頭のニューヨーク・タイムズ記事は、こうして決定された出版を、小説の最後に出てくるポワロの死に焦点をあてて報じたのである。

そして翌年、すなわち一九七六年一月一二日、アガサ・クリスティーは八五歳で亡くなり、

『カーテン』は生前発表された、まさに最後の作品――白鳥の歌となった。

『カーテン』の時期

物語は、エセックス県スタイルズ・セント・メアリ村を、久しぶりにヘイスティングズ大尉が訪ねるところから始まる。が、実はその時期は明記されていない。前の事件が「二十年ほども昔」(『カーテン』)に起きたとされているから、一九三〇年代後半ということになるが、「二度目のさらに悲惨な戦争」(同)があったともあり、それならもう少しあと英独戦が本格的になった四〇年代以降のようでもある。何しろ戦争が終わったのかどうかも不明だし、この作品の最後でポワロは死んでしまうので、終わっていないとすると、戦後書かれたポワロのミステリ計一一編と明らかに矛盾してしまう。

こうした混乱はおそらく、クリスティーが『カーテン』を実際に書いたのが、一九四〇年代初頭だったからと思われる。ちょうど第二次世界大戦真っ盛り、毎日毎晩が空襲で、「戦争はおしまいというときがいつか来るなどということは本気に考えられなかった」(『自伝』)時期である。逆にそんな厳しい状況だったからこそ、クリスティーは自分の書く作品から戦争を取り除きたかったのかもしれない。

この小説は当面発表せず、辻褄のあわない箇所はいつか手直ししよう、とクリスティーは書きながら考えていたのであろう。戦後ポワロものを書くことを嫌がっていたといわれる彼女だが、そこには既に書いていた『カーテン』と新作との整合性への懸念もあった筈である。

しかし、一九七五年、クリスティーはもはや修正を行える状態にはなく、出版社は三〇年間、金庫にしまい込んでいた原稿を、そのままの形で世に問うたのだった。

スタイルズ荘の変貌

アルゼンチンにいたヘイスティングズ大尉がやって来たのは、今は民宿《ゲストハウス》となったスタイルズ荘に滞在中のポワロから、是非会いたいという手紙を受け取ったからである。処女作『スタイルズ荘の怪事件』以来の刎頸《ふんけい》の友で、物語の語り手でもありながら、大尉はポワロもの第二作『ゴルフ場殺人事件』で出会ったアルゼンチン人女性と結婚し、かの地に移住した。その後、何度か帰国して『ビッグ4』『ABC殺人事件』『エッジウェア卿の死』などでコンビを復活させたものの、『もの言えぬ証人』を最後に、再びアルゼンチンへ去って、かなりのときがたっている。戦後発表された『マギンティ夫人は死んだ』や『複数の時計』で、ポワロは何度か大尉を懐かしんでいるが、再会はできていない。

そのヘイスティングズ大尉が、久方ぶりに物語の語り手として登場し、思い出深いスタイルズ荘を再訪することになったのだ。

《そんなことを考えているうちに、列車はスタイルズ・セント・メアリ駅に着いた。少なくとも、駅は変わっていなかった。時の流れもそこだけは避けて通り過ぎていた。いまだに畑の真ん中に、いかにも唐突にちょこんと置かれているといった体で、見るかぎり、存在理由さえないかのように見えた。

しかし、タクシーで村の中を走ると、歳月の流れに気づかされないわけにはいかなかった。スタイルズ・セント・メアリ村の変貌ぶりは見ちがえるほどだった。ガソリンスタンドに映画館、それに宿屋も二軒増え、低家賃の公営住宅が何軒も建ち並んでいた。

しばらくして、スタイルズ荘の門をくぐると、そこだけは現代から昔に逆戻りしたようだった。庭は記憶の中のものと大して変わらなかったが、荘内の車道は手入れがあまりされておらず、敷かれた砂利を雑草が覆ってしまっていた。角を曲がると屋敷が見えてきた。外観は昔のままだが、ペンキがところどころ剝げていた》(『カーテン』)

エセックス県は、ロンドン郡の東隣に位置し、アバークロンビーの《大ロンドン計画》ではやはり外郭地帯にあたる。セント・メアリ・ミードと方角は反対側だが、ロンドン空襲の被害を受けた工場や住居の移転先として、首都圏に組み込まれつつあった田園地帯である。戦争が終わっても、この傾向はつづき、ちょうどセント・メアリ・ミードが『鏡は横にひび割れて』で描かれているように、公的住宅が建設されて人口も増え、村の社会構造も大きく変わった。

思えば、『スタイルズ荘の怪事件』のとき、登場人物の多くは、被害者、容疑者たちを含め、ジェントリか中産階級だった。以後、『アクロイド殺し』『ＡＢＣ殺人事件』『もの言えぬ証人』『杉の柩』など戦前の作品で、クリスティーはずっとジェントリたちの生活と屋敷を描いてきた。それらの作品では、真犯人が逮捕された後、ポワロのおかげで村と屋敷の平和と安定が回復するのを、読者は知って安心できたものだったのである。

ところが、『カーテン』でのスタイルズ荘には、もはやジェントリは見当たらない。年老いて亡くなったか、養老院に入ったか、あるいは海外へと出て行ってしまったかして、姿を消してしまったのだ。

《あれからどれほどのことが起こったことか！　懐かしい顔がいくつか欠けてしまったことか！　スタイルズ荘もカヴェンディッシュ一族からすでに人手に渡っていた。ジョン・カヴェンディッシュももうこの世にいない。彼の妻のメアリ、あのすばらしく謎めいた女性はまだ存命で、デヴォンシャー県に住んでいる。ローレンスは妻子とともに南アフリカで暮らしている。世の移ろい――世の移ろいは場所を選ばない》（『カーテン』）

『スタイルズ荘の怪事件』以来、世界は大恐慌と第二次世界大戦に見舞われ、ジェントリたちの生活を支えていた社会経済構造は崩壊した。戦後のポワロ・シリーズ、特に一九五〇年代の『マギンティ夫人は死んだ』『葬儀を終えて』『死者のあやまち』は、そうした消えゆくジェントリ層と屋敷が、登場人物であり、舞台となっている。『カーテン』は戦中に書かれたはずだから、未だそういった事態に立ち至っていないはずだが、既に戦後の状況は的確に予見されている。そうした状況は一九三〇年代の大不況期に既に出てきていたのか、あるいは原稿は戦後ずっと金庫にしまい込まれていたといいながら、実はクリスティーが時折原稿に手を加えたり、書き継いでいたりしたものか。

いずれにしろ、『カーテン』の戦前の作品との大きな違いは、スタイルズ荘というジェントリの屋敷が、もはや村のシンボルではなく、民宿にすぎなくなっていることである。ヘイスティングズが着いてみると、そこにいるのは科学者夫妻と秘書（ヘイスティングズの末娘が務めている）、科学者の病身の妻付き女性看護師、インドで行政官を務めたことのある准男爵、愛鳥家、色男の軍人といった客たちである。この民宿は屋敷を買い取ったアフリカ植民地帰りの夫妻によって運営されているが、経営的にうまくいっているようには見えない（このあたり『マギンティ夫人は死んだ』と似ている）。そしてヘイスティングズが驚いたことに、なんと病気のために車椅子生活となったポワロが、老いさらばえた姿で暮らしている。

《「私はもう駄目です。生ける屍です。歩くこともできないんだから。体も手足も曲がってしまいましてね」》（同）

ロンドンの高級マンションで暮らしていた筈のポワロが、何故こんな状態で（一番苦手だった）村の民宿にいるのか、そして自分をわざわざ南米から呼び寄せたのか。そう不審がるヘイスティングズに、ポワロは実はこのスタイルズ荘には、恐ろしい殺人者が滞在しており、自分はそれを追っていることを告げる。それは今まで幾度か事件を起こしながら、尻尾をつかませない凶悪な殺人者だ。その殺人者のため、誤って逮捕・処刑されたり、自殺した犠牲者もいる。しかし、真の殺人者は疑われることなく、今も新たな獲物を狙って、このスタイルズ荘にいるのだ、と。

例によって、そこまで言ったところで、ポワロは殺人者が誰かを明らかにしない。単純な性格のヘイスティングズにいうと、すぐ相手に気取られてしまうからだろう。しかも犯罪者が誰を狙っているのかが不明なので、さすがのポワロも告発できない。だから、病気で身動きのできない自分の代わりに、ヘイスティングズにスタイルズ荘にいる人々と接して、その模様を逐一報告してほしいというのである。

限られた滞在者の中に犯人が！　これはクリスティーの、いや多くの本格ミステリの定番だ。なかでも『カーテン』を特徴づけているのは、殺人者が誰であるかが分からないだけでなく、狙われている被害者も不明な点である。後述する『復讐の女神』が、やはり犯人だけでなく、被害者も不明なまま（というか、更には殺人事件が果たして起こるのかも不明なまま）ストーリーが進行していくのと符合する。

そんななか殺人はなかなか起こらず、犯人どころか、被害者も動機もわからないなかで、ヘイスティングズの妄想と不安は次第に広がっていく。語り手ヘイスティングズ大尉、舞台スタイルズ荘という設定は、クリスティーが『カーテン』を絶筆とすると決めたときからの前提だったろうが、大尉の心の動きに関する描写は、まさに職人芸で舌を巻かずにはいられない。まさにこの作品は、戦前の田園ミステリと、戦後の田園への旅というテーマをつなぐ彼女の全作品の鳥瞰図となっている。しかも死と隣り合わせだった第二次世界大戦という時代が、その研ぎ澄まされた筆致をもたらして、作家としての絶頂を実感させる作品だ。

6・2 『復讐の女神』

ミス・マープル最後の事件

『カーテン』のほか、三〇年以上金庫に仕舞われていた作品の原稿は、実はもう一つあった。『スリーピング・マーダー』といい、クリスティーが死んだ一九七六年、「ミス・マープル最後の事件」という副題をつけて出版されている。『カーテン』に「ポワロ最後の事件」という副題を付されたのと同様の措置だったが、こちらはラストでミス・マープルが亡くなるわけではない。ミス・マープルも戦後のような前面に出た活躍はせず、初期のように控えめである。

さて、「最後の事件」とするなら、むしろこちらこそふさわしいと思われるのが、これから話す『復讐の女神』である。一九七一年に出版され、実質上、ミス・マープル・シリーズの掉尾を飾る作品だからだ。先にも書いたように、晩年のクリスティーは老齢による弛緩から か、出来不出来が激しい。このあと書かれた『象は忘れない』『運命の裏木戸』の二作は、それぞれポワロ、トミーとタペンスものの最後にあたるが、読んでいて中途で作品の筋を追うのが難しくなってしまう。その点、『復讐の女神』は辻褄があっていて、特に主人公のミス・マープルに新しい魅力が加わっている。作者が生涯を通じて追求しつづけた観光を題材にしている点でも興味深い。で、以下この『復讐の女神』をもって、ミス・マープル最後の作品として考察をすすめ、本書全体のまとめにつなげていくこととしたい。

物語はセント・メアリ・ミード村の自宅で新聞を広げていたミス・マープルが、《タイムズ》誌の死亡欄で、ジェースン・ラフィール氏の名前を見つけるところから始まる。『カリブ海の秘密』で、事件解決に協力しあったあの老富豪だ。帰国してから特に付き合いはなかったが、新聞を読んで一週間後、ラフィール氏の弁護士からロンドンの事務所に呼ばれた老嬢は、何とも奇妙な遺言が彼女に残されていたことを知る。

それは氏が手配した《英国著名邸宅と庭園》めぐりのバス・ツアーに、ミス・マープルが参加し、そこで起きる事件を解決してほしいというものだった。こんなことを頼むのは、あなたの正義を実行する才能、すなわち「復讐の女神《ネメシス》」としての能力を信頼してのことであり、成功報酬として二万ポンドを払う、と付け加えて（一九七一年の英一ポンドは日本円にして八〇〇円ほどだから、二万ポンドだと一六〇〇万円。二一世紀の物価水準にすれば、その数倍になるだろう）。それ以外は何も書いていないので、ほとんど見当がつかぬまま、ミス・マープルはラフィール氏の遺言に従って、バス・ツアーに参加することを承諾する。

タイトルになっている「ネメシス **nemesis**」とは、『カリブ海の秘密』で、ミス・マープルが自分を称した言葉で、不正に対し、鉄槌を下すギリシア神話の女神をいう。『ジーニアス英和辞典』（第五版）では「応報天罰の女神」「天罰を与えるもの」などと訳されている。作おとなしいが噂好きの老嬢という、当初のミス・マープルのイメージとは、かなり違う。作品をいくつも書き進めることによって、主人公像が形成されてくることはよくあるが、戦後のクリスティーをみると、ミス・マープルについて、このことが当てはまる。作品でいうと、『ポケットにライ麦を』で自分の可愛がっていた元メイドのグラディスが殺された一九五〇年代半ばあたりからだ。ちょうどポワロが『マギンティ夫人は死んだ』の後、ロンドンから出不精になり、その活動範囲が狭まる頃である。

さて、『復讐の女神』は、八〇歳を越えた作家が書いたミステリとしては、きわめて実験的な作品でもある。殺人事件が起きたあと、容疑者が絞られて、探偵によりアリバイも崩されて、真犯人が捕まる——といった従来のミステリとは違う。例えば『カーテン』も、犯人・被害者が分からず、ストーリーが進んでいくが、少なくとも殺人が起こること、場所がスタイルズ荘においてで、容疑者は滞在者の誰かだということだけははっきりしていた。ところが、『復讐の女神』の場合、そもそも何がどのように起きるのかが分からないまま、バス・ツアーが始まってしまう。容疑者も（事件が起きないので、何の容疑者かも不明だが）ツアーの参加者に絞られるのか、あるいはその後に登場した人々も含まれるのか、そして一体どの時点で主要登場人物が出尽くしたといえるのかが、わからない。これでは謎解き以上に、果たしてこのミステリが成り立つか、読者の方が心配になってしまいそうだ。

戦後ミステリとミス・マープル

読者のこの危惧はかろうじて杞憂に終わる。だが、ここでは戦後のクリスティーがテーマを観光から田園へ、主人公をポワロからミス・マープルに移していったプロセスを、もう一度整理しておきたい。

クリスティーは戦前、内外の観光リゾート地や交通機関を舞台にした観光ミステリを多く書いた。なかでも『オリエント急行の殺人』『ナイルに死す』『メソポタミヤの殺人』『死との約束』など、大英帝国が植民地として支配し、また石油が産出することから帝国の繁栄を支えていた中東を舞台とする作品が目立つ。彼女が中東を小説の舞台にできたのには、古代遺跡発掘を専門とする考古学者と結婚し、毎年現地に通っていた経験も大きいであろう。

また、この時代は観光を支えた鉄道、船、飛行機など交通機関が整備された時代であり、『青列車の秘密』や『オリエント急行の殺人』などで国際豪華列車、『ナイルに死す』で観光遊覧船、『雲をつかむ死』で飛行機内を舞台とするなど、交通機関も自らの作品に頻繁に取り上げている。われわれはクリスティーというと、どうも年をとってからの写真を思い浮かべてしまうが、一九二〇〜三〇年代は、女性が作家、ジャーナリスト、デザイナー、飛行家、アスリートなどとして活躍した時代であり、彼女はそのうちで、最も先端的な女性として、時代のトレンドにも敏感だったのである。

自分がトーキーという観光地に生まれたことから、『シタフォードの秘密』『邪悪の家』『三幕の殺人』『ABC殺人事件』『そして誰もいなくなった』など、国内、特にイングランド南西部の観光地を舞台とした作品も書いている。

この時代、観光を楽しむことができるのは、貴族やジェントリ、ブルジョワ層から中産階級までに限られていたから、クリスティーのミステリにおける登場人物も勿論そういう人々――特に上層の人々――である。読者のほうは中産階級が多かったろうから、観光は身近な話題であると共に、そこで展開されるセレブ的世界は、読者にとって、強い憧れの世界でもあったに違いない。

他方、『スタイルズ荘の怪事件』、『アクロイド殺し』など、クリスティーは初期の頃から田園ミステリも書いていた。こちらの登場人物はジェントリなどの地主階級、中産階級などであり、これも読者にとって身近な話題であると共に、田園を心の拠り所とする点で親しみやすかったであろう。

戦前、クリスティーの観光ミステリは、読者である中産階級の人々に、自分たちももっと海外観光に行きたいという憧れを強めさせた。探偵役のエルキュール・ポワロがもともとヨーロッパ大陸のベルギー人であり、彼の高級趣味、食へのこだわりなども、観光ミステリに彩りを添える方向に働いたと思われる。

海外を取り上げることが難しくなった戦中、舞台をトーキーに近い国内の観光地に移して、なおクリスティーは『白昼の悪魔』『NかMか』などを書いた。これも戦争遂行中の英国人に、かえって気晴らしと心の余裕をあたえ、そこで描かれる英国内の田園は、(作者自身にその意図があったかどうかは別として）国民に国土防衛の決意を強めさせる効果があったと推察される。

戦前・戦中を通して、クリスティーのミステリは、読者に観光を憧れさせる役割を果たした。また、クリスティーが作中に貴族や富豪といった上流階級を登場させ、舞台を植民地や田園としたことも、わかりやすい文体とともに、多くの読者を獲得させていくことになった。特に娯楽も読むものも少ない戦中にあって、彼女が国民に楽しみをあたえたことは、当時の彼女の初版発行部数の増大、図書館での貸し出し量などに、如実にあらわれている。

戦後になると『予告殺人』『マギンティ夫人は死んだ』『葬儀を終えて』『終わりなき夜に生れつく』など、彼女の作品において田園ミステリが数のうえで逆転し、特に海外への観光ミステリはほとんど姿を消してしまう。また、探偵役もポワロ一辺倒から、ミス・マープルとの二頭体制に移行する。

英国人が田園を愛し、自らの文化の源としていることはよく知られている。おそらく長いヨーロッパ大陸諸国との戦いの歴史が自己のアイデンティティを見つめさせ、最初は貴族・ジェントリ層の保守的文化として、そしてやがてはウィリアム・モリスなど中世を貴ぶ革新思想にも組み入れられて、成長していったものであろう。

この思想は第二次世界大戦後の《大ロンドン計画》にも影響をあたえ、郊外ではグリーン・ベルトなどが保存され、都市性と田園性の調和が企図された。もっとも、『鏡は横にひび割れて』のセント・メアリ・ミード、『カーテン』のスタイルズ・セント・メアリにみられるように、大都市の外郭部にある田園地帯が、戦後都市化していったのは、このためにかえって大都市圏が拡大してしまい、田園を喪失させる結果をもたらした。

変わったのは新興住宅街の発生だけではない。実は古くから田園を支えていた社会経済構造も、戦後大きく変貌した。

『スタイルズ荘の怪事件』や『アクロイド殺し』、ミス・マープルもの第一作にあたる『牧師館の殺人』など戦前の作品では、村の屋敷でジェントリである主人が殺され、そこへ探偵が登場して事件を解決するだけでなく、さまざまな問題さえ処理して、村に平穏を回復させるストーリーになっていた。クリスティーの作品は、まさに英国伝統の田園小説のミステリ版だったのである。

ところが、戦後のクリスティーのミステリで、ジェントリたちの生活と屋敷は、もはや解決も難しいまでに、危機に瀕してしまっている。

地域にもっていた土地の地代と、海外植民地への投資で賄われていたジェントリ層の家計が、戦後はもはや成り立たなくなったのだ。『予告殺人』『マギンティ夫人は死んだ』『葬儀を終えて』『死者のあやまち』『パディントン発4時50分』などで、クリスティーは滅びゆくジェントリ層を描くが、もはやポワロもミス・マープルも、ジェントリたちを救うことはできない。かつてスタイルズ荘に住んでいた人々が、『カーテン』で、もはや村から姿を消しているのと同じである。

かくして『鏡は横にひび割れて』以降のミス・マープルは旅に出る。それまでも、彼女が村の事件と関わり合いになるのは、たまたま近隣のスパ・ホテルに保養に来ていたり、あるいは知人に招かれて泊まっていたりという旅での場合が多かったのだが、今度は親切な甥のはからいで、文字通りの観光に出かけるのだ。その行く先は『カリブ海の秘密』のような、かつての大英帝国の植民地や、『バートラム・ホテルにて』のように、大英帝国華やかなりし頃を思わせるロンドンの伝統的ホテルである。よって、それは老嬢にとって、いま目の前にする現在の姿と、かつて大英帝国の絶頂期のころとを比較させる旅となる。西インド諸島では、アメリカ流のマス・ツーリズムを目の当たりにしながら、思い出されるのはセント・メアリ・ミードのことだし、ロンドンのホテルでは、紅茶やケーキ、そして使用人や客までが古き良き時代を再現しているように見えながら、その裏に邪悪なたくらみが隠されているのを見抜く。テーマパークはやはり偽物でしかないのだ。

こうして平和な村に住む老嬢が編み物をしながら、人々が話す不思議な事件の真相を言い当てるという素朴な形で始まったミス・マープル・シリーズは、四〇年後には内外に残る大英帝国の記憶を旅し、現在の英国に思いを致す観光ミステリへと変わっていったのである。

ポワロが一九三〇年代に回った観光を、実際に大英帝国が支配する植民地への「空間の旅」とすれば、ミス・マープルが一九六〇~七〇年代に行っている観光とは、大英帝国の時代に思いを馳せる「時間の旅」といえるだろう。

そして『復讐の女神』において、老嬢は社会福祉国家の今もなお人々のもっとも心の拠り所である田園を訪れることになる。

《英国の著名建築と庭園》めぐり

ミス・マープルに、ラフィール氏が用意してくれたバス・ツアーとは、一体どういうものだったのだろう。旅行社によれば、期間は「二週間から三週間」(『復讐の女神』)、行く先はロンドンからバスで北西の方角、「ラフィール氏のご記憶ではあなた様のまだお訪ねになっていない英国の一部で、またたいへんすばらしい景観や庭園がその中に含まれて」(同)いて、参加者はコンダクターとミス・マープルを入れて一七名。夫妻が二組、年取った女の友人同士(このうちの一人の顔を見たとき、ミス・マープルはどこかで前に会ったような気がしてしまう)などだが、全体としてお互いが知り合った集団ではなさそうである。

出発当日の午後、バスは先ずブレナムに向かう。ロンドンの北西九〇キロ、オックスフォード近くにある、マールバラ公爵家のバロック式大邸宅と四六〇〇ヘクタールに及ぶ庭園として実在する。第二次世界大戦時の首相ウィンストン・チャーチルが生まれた地でもあり、今や英国有数の観光名所である。マールバラ公爵家は英国貴族のなかでも名門で、初代公爵がスペイン王位継承戦争に派遣され、フランス軍をドイツのブレンハイムの戦いで破った功績から、一八世紀初頭、当時のアン女王から土地と「宮殿《パレス》」と名付けてよい許可をあわせて賜った。よって邸宅は貴族のものとしては最大で、広い庭も最初つくり始めた時は幾何学的なフランス式庭園だったのが、やがて人工湖や川を含み、道も曲がりくねり、起伏に富む英国式の風景庭園《ランドスケープガーデン》に変化していったという庭園史上にも有名なものである。

今や世界遺産にも登録されている名所だから、もちろん「ミス・マープルは以前にもう二度もブレナムに来たことがある」(同)ので、屋敷見物はパスし、庭園巡りにだけ参加する。ちなみにこの建築と庭園は、現在ナショナル・トラストによって管理運営されており、クリスティーはこのバス・ツアーを「ナショナル・トラストのアイデア」と周囲の者に語っていたという(『生涯』)。取材あるいは資料集めを同トラストから協力してもらったのかもしれない。

ブレナム宮殿のあるイングランド中西部には、ナショナル・トラストが、自然・歴史遺産を所有・管理するカントリーハウスや修道院、庭園などが点在しているから、ツアーもこのあたりを回るのであろう。同トラストは百年前、英国の自然・文化資源が破壊されていくのを防止するために設立され、当初ピーター・ラビットの絵本作家ビアトリクス・ポターが湖水地方にもっていた土地を死後に寄付するなど、慈善精神によって支えられた団体である。

特に活動が盛んになったのは戦後、貴族たちに、相続税などの負担が重くなってからである。一九五〇年前後に何度か財政法が変更された結果、トラストに土地屋敷を寄付することによって、貴族やジェントリ層は莫大な税と維持の負担から逃れられ、しかもそこに住み続けることができるようになった。これにより、趣旨に賛同してトラスト会員になる者（総裁は皇太后によって務められた）が増え、大戦中は六〇〇〇人程度だった会員が一九六〇年には一〇万人、トラストのもつ資産への訪問者数は一〇〇〇万人に達した（R・フェデン『ナショナル・トラスト：その歴史と現状』）。

ちなみに、クリスティーが晩年を過ごした、トーキー近くの別荘グリーンウェイ・ハウスもナショナル・トラストに寄贈され、今は一般公開されている。『死者のあやまち』や『無実はさいなむ』に出てくる屋敷のモデルである。

話をブレナム宮殿に戻すと、これだけ有名なものをミス・マープルが「お訪ねになっていない」（『復讐の女神』）はずはない。セント・メアリ・ミードから、さほど遠くにあるわけでもないから、友人たちと一緒に鉄道とバスを乗り継いで行くとか、甥のレイモンドに自動車で連れていってもらえば日帰りだ。

あるいはラフィール氏は、ツアーが体力的に難儀になることを恐れて、楽なルートを選んだのかもしれない。しかし、相手が何しろ、年をとればとるほど積極的になり、若やいでくるミス・マープルだ。シリーズ全一二編のうちで、『復讐の女神』は一番年齢がいっているはずだが、最も年寄り臭くなく、魅力的で潑剌としている。身動きもままならぬように描かれている『カーテン』のポワロとは対照的だ。

ツアーが始まって二、三日後、ホテルに三人の中年の姉妹が訪ねてくる。生前のラフィール氏から、ミス・マープルを自分たちの住む「旧領主邸」というカントリーハウスに招いて、二、三泊させるようにしてほしいと依頼されているという。これも故人がたてたプランらしいので承諾して出かけてみると、旧領主邸の家政婦から、三姉妹が育てていた少女が一〇年前に殺された事件の話を聞く。しかも犯人として逮捕されたのはラフィール氏の息子で、犯行当時未成年だったため、死刑を免ぜられたまま、今も服役中というのだ。

こうして話の筋がようやく見えてくるまでに文庫本で約二〇〇ページ、全体ボリュームのほぼ半分に達し、テンポは大変のろい。クリスティー老いたり、と言いたくなってくる。しかし、粗筋が見えてくると、ツアー客のなかに、殺された少女が通っていた女学校の校長、未成年犯罪の専門家としてラフィール氏の息子を担当した心理学専門の大学教授などが入っており、かつて会った記憶のする女性二人連れが、なぜかミス・マープルを監視していることなどもわかってきて、後半、事態は急速に展開していく。

果たして、少女を殺した犯人はラフィール氏の息子だったのか。そうでないとしたら、真犯人は一体だれか。それがわからないので、故ラフィール氏は息子の単純な弁護ではなく、事件の真相自体を明らかにすることを、「復讐の女神」であるミス・マープルに託したに違いない――と、彼女は思い当たる。

正義と冤罪

犯罪に対して、正義《ジャスティス》の実現は、ミステリの前提である。探偵が凶悪な真犯人を見つけ出し、警察が逮捕し、裁判で有罪を指摘され、刑を執行される――つまり「正義」が実現される。

アガサ・クリスティーはそのわかりやすい文体と内容から、過去例をみないほど多くの読者を世界から得た人気作家であった。しかし、そのわかりやすさからみると意外なことに、ミステリを書きながら、常に「正義」という問題を真摯に考え続けた作家でもあった。名探偵は「正義」をなすべきという観念が彼女には強くあり、それが晩年ミス・マープルという老嬢に「復讐の女神」たらんことを義務付け、エルキュール・ポワロが『カーテン』で最後に亡くなる形をもって、シリーズを終わらせようとした理由でもあったと思う。

戦後英国で論争を巻き起こした問題の一つに「死刑制度の廃止」がある。英国が将来の国家ビジョンとして、社会福祉を位置づけたとき、その中には人道的見地からの死刑制度廃止論も含まれるべきものであった（実際、戦後の国会で廃止論の急先鋒に立ったのは福祉を推し進めた労働党だった）。ただ、戦争中はスパイの処刑なども行われていた時代であり、死刑廃止を国民的合意とすることは難しく、戦時内閣の検討からは取り除かれたまま、残されていたのである。

だが、果たして、罪を犯した人間に死を以てあがなわせる権利が国家にあるのか。しかも、冤罪で死刑が執行された場合、一体どのような償いができるというのだろうかといった問題は、社会福祉国家がある程度確立された一九五〇年代の英国において、人々の関心を集めた大きな論争の一つとなった。

当時の英国では、有罪として絞首刑に処せられた後に、真犯人と思しき人間があらわれ、公式調査で有罪が撤回されて、既に処刑された人間が「死後恩赦」されるなどの事件も起きていた。

ミステリ作家として、クリスティーは死刑制度に無関心ではいられず、何度もその是非についての作品を書いている。一方は冤罪に関する作品で、『無実はさいなむ』、『マギンティ夫人は死んだ』のように、罪なき者が有罪とされ、死刑執行間近か、あるいは獄死してしまう。

他方、冤罪を偽装し、犯人が罪から逃れようとする作品も、クリスティーには初期のころから幾つもある。ミス・マープルには、死刑廃止論を次のように辛辣に批判させてもいる。《「あの男を警察の手に引き渡すのに手をかしたことを悔やんでなどいませんよ。死刑が人道的にみておかしい、といわれてますが、わたしは賛成できかねますよ」》（『ポケットにライ麦を』）

小説とは必ずしも、作家個人の意見を表明する場ではない。そうしたいのなら、小説という形ではなく、むしろ論説文として書くべきだ。むしろ様々な意見を登場人物たちに語らせて、読者に考える機会を提供する、あるいはそのプロセスで書いている本人も考えるためにフィクションという形をとるのが小説である。

『ポケットにライ麦を』で、ミス・マープルが死刑を肯定するのは義憤からである。犯人は無垢な少女をだまし、都合が悪くなると立ちどころに殺した挙句、警察の捜査をかく乱するため、死体の鼻を洗濯挟みでつまむ偽装を行う。それは逝った人間に対する冒瀆であり、礼節は微塵もない。他人の命を奪うことを何とも思わず、あるのはただ自己の利益と保身への追求だけだ。こうした絶対悪のエゴイストがいる以上、極刑をもって罰しなければ、犯罪の再発は防げない。その決意が、ミス・マープルをして「復讐の女神」たらしめる。

実際、ミス・マープルは、一九五三年に発表されたこの『ポケットにライ麦を』を分水嶺とし、編み物をし、村のゴシップに耳を傾けていた大人しい老嬢から、正義のために犯罪を解決し、犯人を倒す厳しい女神へと変わっていく。

ただ、『復讐の女神』で、ミス・マープルは今までの「正義の味方」から、更に深い変化を見せている。服役中だったラフィール氏の息子はラストで救われるが、もともと不良少年で、釈放されても、更正できるか保証はない。冤罪を晴らすために手配してくれた亡父、彼自身に好意をもっていて殺された少女に、何の感情もあらわさないのは、長年の拘留による感情の一時的麻痺か、あるいはただのエゴイストなのか。ラフィール氏がミス・マープルに、息子の「無実」を証明してくれ、と単純に遺言しなかった理由がこうした息子の性格にある、と老嬢は思い至る。

が、ミス・マープルはそうした若者の無礼を寛容に許す。「彼が自由にじぶんでやっていけるかどうかわかりませんね」（『復讐の女神』）と寂しくつぶやきながら。

悪鬼羅刹としか思えない真犯人に対しても、老嬢はそこにひそむ愛の苦しさ、哀しさに目を向ける。社会福祉が充実し、国や団体が面倒をみてくれる社会になっても、なお殺人犯罪は後を絶たない。嫉妬、欲望、そして人を殺した後に犯人を襲う悔恨と慄き。犯人は自らの罪の深さに怯えながら、明らかになることを恐れて、更に殺人を繰り返す。もはやミス・マープルは死刑廃止論を否定しないが（『復讐の女神』が発表されたとき、死刑廃止法は既に正式発足していた）、犯人が毒を飲んで自殺したと聞き、今まで犯人が味わっていた恐怖に思いをいたす。

《「疑うべくもありません。いよいよこんどこそ、（中略）脱出がかなったわけです」》（同）

戦後英国は「やさしさ」をもって社会に対し、社会福祉国家の建設に勤しんできた。アガサ・クリスティーも同世代の人間として、保守党支持者ではあっても、そうした気持ちを持ち続けていたであろう。が、なおその限界をも感じていたに違いない。このとき既にクリスティーは八〇歳を越えていたのであった。

6・3　観光の世紀

二〇世紀の英国を観光で振り返る

英国人が大英帝国という大国の替わりに、国民的合意をもって選んだ社会福祉国家というもう一つの道――そこには健康保険制度の創設や都市・田園計画、死刑制度の廃止といった今も活きているものから、産業の国有化など、頓挫したものもある――その評価が曲がり角にさしかかったのが、ちょうどクリスティーが晩年を迎えた一九七〇年代である。

《わたしたちは自分たちの手で福祉国家を作り上げ、それが不安からの解放を、安全を、日々の糧を、そして日々の糧よりもちょっと以上のものを与えてくれたのだが、それでもなおこの福祉国家の中で、今、誰にとっても将来に期待をかけることが年々むずかしくなっているようにわたしには見える》(『自伝』)

クリスティーはミステリ作家でありながら、英国という国家の行く末を見続けた作家であった。社会福祉国家論として正面から向き合い、探究したわけではない。しかし、その作中に、過去を懐かしむしかないジェントリ層や退役軍人、植民地を失った現状への不満分子、他人に対する優しさのない利己的な社会エリート、そしてポワロのような外国からの亡命者や移民、孤独な老人、冷たく人間としての心をもたぬ犯人などを登場させることによって、英国というかつて大国であり、いまや福祉国家である国で生きる、さまざまな人の姿を描き続けたのである。

その彼女の主たる視点の一つにあったのが、「観光」であった。それは観光地トーキーで生まれて少女時代までを過ごし、最初の結婚後の世界一周旅行、二番目の夫が中東の遺跡を発掘する考古学者だったなどの私的経験があったろう。それに加えて、作家としての彼女にとって重要だったのは、自分の生きた二〇世紀が、まさに観光の世紀であったことだった。観光にこそ、二〇世紀を特徴づける人間の希望と憧憬、野心と欲望が含まれており、特に英国を支えてきた中産階級のそれが感じ取れるように思えたのであろう。

観光の世紀、まさに二〇世紀はそうだった。欧米による近代文明的世界は地球上に広がり、未知の土地はなくなった。鉄道、汽船、そして飛行機は技術的に進歩して、世界の人びとを観光にいざなった。しかも、人類史上、長く一部の特権階級に独占されてきた状態が、欧米など先進国では余暇の増大と共に庶民にまで広がったことが、観光を現象としても、産業としても空前絶後のものとさせた。まさに、これだけ多くの人々が、これだけ広い地球上の範囲を、軍役や商売以外の目的で旅した時代は、過去なかったといってよい。

英国はその先頭ランナーだった。世界で最初の産業文明を起こしたこの国は、同時に海洋国家でもあり、一九世紀に製造業としての優位をアメリカ、ドイツに抜かれると、世界中に植民地を支配し、一九三〇年代には従来のイギリス連邦に、中東などを加え、空前の帝国をつくりあげた。また、その世界的活動を支えるために、トマス・クックなどの旅行社も生んだが、同社はもともと団体ツアーの企画から発足した近代ツーリズムの生みの親でもあった。

観光の世紀というべき二〇世紀の前半、英国はまさにその中心にあった。

時間への旅

その大帝国としての広大な領土を、第二次世界大戦の勝利にも拘わらず、二〇世紀後半、英国は急速に失うこととなる。そのかわりに、彼らが選んだのは戦時内閣の頃より構想を練っていた社会福祉国家の確立であり、産業の国有化以外、それは国民的コンセンサスとして、保守党、労働党の二大政党のうち、どちらが政権をとった時代でも、概ね政策は変えられることなく、実行されつづけた。

その綻びがあらわれ、成果が問われ始めたのが、一九七〇年代、すなわちクリスティーが最晩年になったころである。

オイル・ショック後の経済的混乱、長期にわたる労働組合のストライキ、増える旧植民地からの移民、他の先進国と比べても低い経済成長率などが明らかになったのである。これに対し、今までのコンセンサスに誤りがあったとし、見直しを主張するサッチャリズムがあらわれて、英国は立て直しを目指すこととなる。その結果、経済はある程度回復したものの、英国はコンセンサスに回帰するべきかという、苦悶の中にいるかに見える。特に移民問題をどうするかは、大英帝国が世界中に伸びた空前の大帝国であったが故に、避けて通れぬ、しかし一朝一夕には解決できぬ問題であろう。

アガサ・クリスティーが政治への強い関心者であったとは思えない。しかし、ミス・マープルの愛読紙が、『復讐の女神』冒頭にみられるように《タイムズ》であること、死刑廃止や産業の国有化など労働党の政策への批判者が、必ず登場人物にいることなどを見ると、おそらく総選挙では保守党に投票することが多い人であったろう。ただ、エクセントリックな保守主義ではなく、社会福祉の充実や環境保護には肯定的で、戦争中以来のコンセンサスを基本的に尊重した人であったかと思われる。

そのクリスティーが最後に英国に残したメッセージとは何だったろうか。

戦前、世界に拡大した大英帝国をポワロに中東を観光させることで表現したのと対照的に、戦後とくに晩年、彼女はミス・マープルに、かつて大英帝国華やかなりし頃を思い起こさせる地を観光させている。それは最後までなかなか独立しなかった西インド諸島、古き良き時代のたたずまいを残すロンドンの伝統的ホテル、そして英国の屋敷と庭園をめぐるバス・ツアーに代表される田園であり、しかもそれらから過去を呼び覚ます旅である。前二者、すなわち西インド諸島とロンドンのホテルに、ミス・マープルは満足せず終わる。彼女がその地を、もう二度と訪れることはないだろう。

しかし、三番目の「田園」は？　彼女はもっとほかの地も見るべきだと感じ、『復讐の女神』の最後で、ラフィール氏からの成功報酬二万ポンドを、利子のつく口座に入れるよう、アドバイスする弁護士に、強く首を横に振る。すぐ引き出せて使いやすい当座預金にこそ、全額を振り込んでくれるよう、要求するのだ。

《「貯蓄預金勘定をお持ちでございましょうね。その貯蓄預金勘定へ振り込ませていただきます」

「いえ、そうではありません」ミス・マープルがいった。「わたしの当座預金へ払い込んでくださいい」(中略)

彼女は立ち上がると握手をした。

「マープルさま、一度あなたの銀行の支配人にご相談なさってくださいませ。まったくのお話……雨の日のための用意が、いつ必要かわかりませんからね」

「雨の日にわたしが必要なものはただ一つ、それはコーモリ傘です(中略)。ラフィールさんは、わたしにおもしろ楽しくしてもらいたかったのだと思いますよ」》(同、一部引用者改変)

クリスティーがもう少し長生きしていたとしたら、おそらく、再びミス・マープルはまた、別の旅に出たに違いない。そしてそれは国内の、どこかの村、田園であったろう。思えば、この三度の観光だけでなく、『書斎の死体』『動く指』『予告殺人』ら、戦中から戦後にかけて、ミス・マープルが復活したときも、その活躍の舞台は田園であった。英国人にとって、永遠の存在であり、現代がうわべだけの儚いものではなく、しっかりと安定していて、永久的なものがまだ残っていることを認識させてくれる田園。メイヘム・パーヴァがそうであるように、夢は現実に実在しなくても、その思想を信ずることは、永遠への道へと至ることを可能にする。ミス・マープルの旅が、あるいは自分の描く観光が、最終的に読者をそうした永遠なる夢へと導くことを、クリスティーは願っていたはずである。

参考文献

（引用文を挿入してあるものを中心に記す。本文中で引用した文の翻訳も以下リストのものによる）

アガサ・クリスティー著作

Christie, Agatha(1920)*The Mysterious Affair at Styles*, The Bodley Head.（『スタイルズ荘の怪事件』矢沢聖子訳、ハヤカワ文庫）

――(1924)*The Man in the Brown Suit*, The Bodley Head.（『茶色の服の男』中村能三訳、ハヤカワ文庫）

――(1926)*The Murder of Roger Ackroyd*, William Collins, Sons.（『アクロイド殺し』羽田詩津子訳、ハヤカワ文庫）

――(1928)*The Mystery of the Blue Train*, William Collins, Sons.（『青列車の秘密』青木久惠訳、ハヤカワ文庫）

――(1929)*Partners in Crime*, William Collins, Sons.（『おしどり探偵』坂口玲子訳、ハヤカワ文庫）

――(1932)*The Thirteen Problems*, William Collins, Sons.（『火曜クラブ』中村妙子訳、ハヤカワ文庫）

――(1934)*Murder on the Orient Express*, William Collins, Sons.（『オリエント急行の殺人』山本やよい訳、ハヤカワ文庫）

――(1935)*Death in the Clouds*, William Collins, Sons.（『雲をつかむ死』加島祥造訳、ハヤカワ文庫）

――(1936)*The ABC Murders*, William Collins, Sons.（『ＡＢＣ殺人事件』堀内静子訳、ハヤカワ文庫）

――(1936)*Murder in Mesopotamia*, William Collins, Sons.（『メソポタミヤの殺人』石田善彦訳、ハヤ

カワ文庫）
——(1937)*Death on the Nile*, William Collins, Sons.（『ナイルに死す』加島祥造訳、ハヤカワ文庫）
——(1938)*Appointment with Death*, William Collins, Sons.（『死との約束』高橋豊訳、ハヤカワ文庫）
——(1939)*And Then There Were None*, William Collins, Sons.（『そして誰もいなくなった』青木久惠訳、ハヤカワ文庫）
——(1940)*One, Two, Buckle My Shoe*, William Collins, Sons.（『愛国殺人』加島祥造訳、ハヤカワ文庫）
——(1941)*Evil Under the Sun*, William Collins, Sons.（『白昼の悪魔』鳴海四郎訳、ハヤカワ文庫）
——(1941)*N or M?*, William Collins, Sons.（『NかMか』深町眞理子訳、ハヤカワ文庫）
——(1942)*The Body in the Library*, William Collins, Sons.（『書斎の死体』山本やよい訳、ハヤカワ文庫）
——(1943)*The Moving Finger*, William Collins, Sons.（『動く指』高橋豊訳、ハヤカワ文庫）
——(1944)*Absent in the Spring*, William Collins, Sons.（『春にして君を離れ』中村妙子訳、ハヤカワ文庫）
——(1946)*Come, Tell Me How You Live*, William Collins, Sons.（『さあ、あなたの暮らしぶりを話して』深町眞理子訳、ハヤカワ文庫）
——(1950)*A Murder Is Announced*, William Collins, Sons.（『予告殺人』田村隆一訳、ハヤカワ文庫）
——(1952)*Mrs. McGinty's Dead*, William Collins, Sons.（『マギンティ夫人は死んだ』田村隆一訳、ハヤカワ文庫）
——(1953)*After the Funeral*, William Collins, Sons.（『葬儀を終えて』加島祥造訳、ハヤカワ文庫）

——(1953)*A Pocket Full of Rye*, William Collins, Sons.（『ポケットにライ麦を』宇野利泰訳、ハヤカワ文庫）

——(1962)*The Mirror Crack'd from Side to Side*, William Collins, Sons.（『鏡は横にひび割れて』橋本福夫訳、ハヤカワ文庫）

——(1964)*At Caribbean Mystery*, William Collins, Sons.（『カリブ海の秘密』永井淳訳、ハヤカワ文庫）

——(1965)*A Bertram's Hotel*, William Collins, Sons.（『バートラム・ホテルにて』乾信一郎訳、ハヤカワ文庫）

——(1971)*Nemesis*, William Collins, Sons.（『復讐の女神』乾信一郎訳、ハヤカワ文庫）

——(1975)*Curtain*, William Collins, Sons.（『カーテン』田口俊樹訳、ハヤカワ文庫）

——(1976)*Sleeping Murder*, William Collins, Sons.（『スリーピング・マーダー』綾川梓訳、ハヤカワ文庫）

——(1977)Agatha Christie: *An Autobiography*, William Collins, Sons.（『アガサ・クリスティー自伝（上）・（下）』乾信一郎訳、ハヤカワ文庫）

外国語文献

Abercrombie,Patrick(1944)*Greater London Plan* HMSO

Abras,Charles(1971)　*The Language of Cities: A Glossary of Terms, Viking Press*（『都市用語辞典』伊藤滋訳、鹿島出版会）

Auden,W.H.(1948)'The Guilty Vicarage : Notes on the detective story, by an addict', *Harper's Magazine*,

May 1948.（「罪の牧師館：探偵小説についてのノート」鈴木幸夫訳、鈴木幸夫編『殺人芸術：推理小説研究』所収、荒地出版社）

Barnard,Robert(1980)*A Talent to Deceive* : An Appreciation of Agatha Christie, William Collins, Sons.（『欺しの天才：アガサ・クリスティ創作の秘密』小池滋監訳、秀文インターナショナル）

———Benjamin, Walter (2002) *The Arcades Project* (translated by Eil and, H. & McLaughlin, K.), Harvard Univ. Press（『パサージュ論　第1～5巻』今村仁司、三島憲一ほか訳、岩波現代文庫）

Brendon,Piers(1991)*Thomas Cook:150 Years of Popular Tourism*, Martin Secker & Warburg（『トマス・クック物語：近代ツーリズムの創始者』石井昭夫訳、中央公論社）

Bunson,Matthew(2000)*The Complete CHRISTIE : An Agatha Christie Encyclopedia*, Gallery Books（『アガサ・クリスティ大事典』笹田裕子、ロジャー・プライア訳、柊風舎）

Chandler,Raymond(1944)'The Simple Art of Murder', *Atlantic Monthly, December 1944.*（「単純な殺人芸術」鈴木幸夫訳、鈴木幸夫編『殺人芸術：推理小説研究』所収、荒地出版社）

Curran,J(2009)*Agatha Christie's Secret Notebooks*, Harper Collins.（『アガサ・クリスティーの秘密ノート（上）・（下）』山本やよい・羽田詩津子訳、ハヤカワ文庫）

Department of Emplpoyment(1991)*Tourism and the Employment-Maintaining the Balance*, HMSO

Doyle,Arthur Conan(1892)'The Adventure of the Copper Beeches'in *The Adventures of Sherlock Holmes*, George Newnes（「ぶな屋敷」日暮雅通訳、『シャーロック・ホームズの冒険：新訳シャーロック・ホームズ全集』所収、光文社文庫）

———(1893)'The Naval Treaty' in *The Memoirs of Sherlock Holmes*, George Newnes（「海軍条約文書」駒

月雅子訳、『シャーロック・ホームズの回想』所収、角川文庫）

――(1911)'The Disappearance of Lady Frances Carfax'in *His Last Bow*, John Murray（「フラーンシス・カーファックスの失踪」小林司・東山あかね訳、『シャーロック・ホームズ最後の挨拶・シャーロック・ホームズ全集8』所収、河出文庫）

Fedden,Robin(1974)*The National Trust:Past and Present*, Jonathan Cape Ltd.（『ナショナル・トラスト：その歴史と現状』四元忠博訳、時潮社）

Fremlin, Cecilia(n.d.), The Christie Everybody Knew', in H・R・F Keating et.al.(1977) *Agatha Christie :First Lady of Crime*, Weidenfeld & Nicholson Ltd.（「誰でも知っていたクリスティー」吉野美恵子訳、『新版アガサ・クリスティー読本』早川書房編集部訳編、早川書房）

Greene, Greham(1932) *Stamboul Train*, Heinemann（『スタンブール特急』北村太郎訳、早川書房）

Gripenberg,Monika(1994)*Agatha Christie*, Rowohlt Taschenburch Verlag GmbH（『アガサ・クリスティー』岩坂彰訳、講談社選書メチエ）

Hart,Anne(1985)*The Life and Times of Miss Jane Marple*, Dodd Mead.（『ミス・マープルの愛すべき生涯』浅羽莢子訳、晶文社）

――(1990)*The Life and Times of Hercule Poirot*, G.P.Putnams Sons（『名探偵ポワロの華麗なる生涯』深町眞理子訳、晶文社）

Howard,Ebenezer(1902)*Garden Cities of Tomorrow*, Swan Sonnenschein & Co.（『新訳　明日の田園都市』山形浩生訳、鹿島出版会）

Kennedy, Paul(1987) *The Rise and Fall of the Great Power; Economic Change and Military Conflict from*

1500 to 2000, Random House（『大国の興亡：１５００年から１９００年までの経済の変遷と軍事闘争』鈴木主税訳、草思社）

Morgan,Janet(1984)*Agatha Christie:A Biography*, William Collins, Sons.（『アガサ・クリスティーの生涯』深町眞理子・宇佐川晶子訳、早川書房）

Newby,Howard(1988)*The Countryside in Question*, Hutchinson Radius.（『英国のカントリーサイド：幻想と現実』生源寺真一監訳、楽游書房）

Poe,Edgar Allan(1841)'The Murders in the Rue Morgue', *Graham's Magazine,April 1841*（「モルグ街の殺人」小川高義訳、『黒猫／モルグ街の殺人』所収、光文社古典新訳文庫）

Walter,Elizabeth(n.d.)'The Case of the Escalating Sales' in H・R・F keating et.al (1977) *Agatha Christie: First Lady of Crime*, Weidenfeld & Nicolson Ltd.（「売行き倍増事件」秋津知子訳、『新版　アガサ・クリスティー読本』早川書房編集部訳編、早川書房）

Watson,Colin(n.d.)'The Message of Mayhem Parva' in H・R・F keating et.al (1977) *Agatha Christie: First Lady of Crime*, Weidenfeld & Nicolson Ltd.（「ノスタルジーの王国」宮脇孝雄訳、『新版　アガサ・クリスティー読本』早川書房編集部訳編、早川書房）

Wiener,Martin(1971)*English Culture and the Decline of the Industrial Sprit :1850-1980*,Cambridge Univ. Press（『英国産業精神の衰退：文化史的接近』原剛訳、勁草書房）

Wyndam,Francis(n.d.), The Algebra of Agatha Christie, in H・R・F Keating et.al.(1977) *Agatha Christie :First Lady of Crime*, Weidenfeld & Nicholson Ltd.（「クリスティー語る」浅羽莢子訳、『新版　アガサ・クリスティー読本』早川書房編集部訳編、早川書房）

日本語文献

秋田茂（2012）『イギリス帝国の歴史：アジアから考える』中公新書
東秀紀（1991）『漱石の倫敦、ハワードのロンドン：田園都市への誘い』中公新書
――――（2016）「文化ツーリズム学とは」、菊地俊夫・松村公明編『文化ツーリズム学：よくわかる観光学3』所収、朝倉書店
東秀紀・橘裕子・風見正三・村上暁信（2001）『「明日の田園都市」への誘い：ハワードの構想に発したその歴史と未来』彰国社
家木康宏（1997）「アガサ・クリスティの南西イングランド（1）」《大阪教育大学紀要》Ⅰ、人文科学部門、46（1）
――――（1999）「アガサ・クリスティの南西イングランド（2）」《大阪教育大学紀要》Ⅰ、人文科学部門、47（2）
内田隆三（2013）『ロジャー・アクロイドはなぜ殺される?：言語と運命の社会学』岩波書店
江戸川乱歩（1951）「クリスティーに脱帽」（《宝石》第6巻第1号、1951年1月号、岩谷書店）
海老根宏（1988）「風俗小説家クリスティー」（「特集　アガサ・クリスティー：あるいは英国の田園の死の女公爵」《ユリイカ》第20巻第1号、1988年1月号、青土社）
川北稔（2010）『イギリス近代史講義』講談社現代新書
窪田太郎（1984）「オリエント急行の百年」（窪田太郎、妹尾河童、保柳健他『オリエント急行』新潮社所収）

小山善彦（1993）「イギリスにおけるグリーン・ツーリズム」（山崎光博・小山善彦・大島順子『グリーン・ツーリズム』（社）家の光協会所収）
近藤和彦（2013）『イギリス史10講』岩波新書
霜月蒼（2014）『アガサ・クリスティー完全攻略』講談社
数藤康雄編（2004）『アガサ・クリスティー百科事典』ハヤカワ文庫
高橋哲雄（1989）『ミステリーの社会学：近代的「気晴らし」の条件』中公新書
富山太佳夫（1988）「『ABC殺人事件』の社会史」（「特集　アガサ・クリスティー：あるいは英国の田園の死の女公爵」《ユリイカ》第20巻第1号、1988年1月号、青土社）
――――（2014）『増補新版　シャーロック・ホームズの世紀末』青土社
中川浩一（1985）『観光の文化史』筑摩書房
速水健朗（2013）「よい子のためのツーリズム3：クリスティーと観光」（《genron etc. 7》2013年3月号、㈱ゲンロン）
平井杏子（2010）『アガサ・クリスティを訪ねる旅：鉄道とバスで回る英国ミステリの舞台』大修館書店
平井正（2007）『オリエント急行の時代：ヨーロッパの夢の軌跡』中公新書
廣野由美子（2009）『ミステリーの人間学：英国古典探偵小説を読む』岩波新書
蛭川久康（1998）『トマス・クックの肖像：社会改良と近代ツーリズムの父』丸善ブックス
福光必勝（2000）『アガサ・クリスティーの英国：小説の村と館を探す旅』近代文芸社
文藝春秋編（2012）『東西ミステリーベスト100』《週刊文春臨時増刊》平成25年1月4日号、文藝

春秋
保柳健（1984）「今昔オリエント急行乗りくらべ」（窪田太郎、妹尾河童、保柳健他『オリエント急行』新潮社所収）
本城靖久（1996）『トーマス・クックの旅：近代ツーリズムの誕生』講談社現代新書
安村克己（2001）「観光の歴史」（岡本伸之編『観光学入門：ポスト・マス・ツーリズムの観光学』所収、有斐閣）

あとがき

アガサ・クリスティーのミステリを観光からみることは、昔から書いてみたいと思っていたテーマだった。

『オリエント急行の殺人』『ナイルに死す』など映像化されている作品に、観光と関係したものが目立ったからである。ただ、そのつもりで六六に及ぶ彼女の全長編ミステリを読みなおすと、戦後はポワロを主人公とする中東ものが姿を消し、観光関連は減少する。だから、どうにもクリスティー論としては、限定的になってしまいそうだ。

逆に全体的な数は、「観光」より「田園」というテーマのほうが多い。一九二〇年代の処女作『スタイルズ荘の怪事件』、出世作『アクロイド殺し』に始まって、戦後のミス・マープル・シリーズ、ポワロ・シリーズの最終作『カーテン』に至るまで、クリスティーは生涯にわたって、英国の田園を書き続けた作家といっていい。

更に鳥瞰すると、大英帝国として史上最大の版図を支配した戦前、植民地を手放し、社会福祉国家を目指した戦後という二つの顔をもった、二〇世紀英国の姿が浮かび上がってくる。だから、観光、田園をキーワードにしながら、時系列的にアガサ・クリスティーのミステリをたどることは、英国という、かつて世界を制覇した帝国の盛衰を、中産階級に属す市民の視点で考えることに通じているように思う。

実はわたしは一九八〇年から二年間、ロンドン大学大学院に留学した経験をもつ。専門は都市・田園計画で、田園都市、大ロンドン計画、ニュータウン建設など、わが国にも影響をあたえた事例を学ぼうとしたのだが、ちょうどサッチャー政権発足の直後で、戦後の英国が大きな転機にさしかかっていた頃であった。以後、二一世紀の現在に至るまで、その苦闘は移民問題、ＥＵ離脱をはじめ、なおも続いているかに見える。それはまた、一度はＧＤＰ（国内総生産）世界第二位の経済大国の地位まで上り詰めながら、今や急速に高齢化を迎えつつあるわが国にとっても、決して対岸の火事とは言えぬ問題だろう。

そうした英国の人々が、なお心のなかで変わらず持ち続けているものに、「田園」への憧憬がある。それは単に農地や村といった物理的な事象だけではなく、むしろそこで営まれるライフスタイル、経済社会であり、文化芸術をも含むものだ。田園への憧憬がなければ、彼らは第二次世界大戦も戦い抜けなかったろうし、戦後保守・労働党の二大政党制の下でも、社会福祉の理念を共有・継続することはなかったに違いない。

アガサ・クリスティーが生涯にわたり、ミステリの舞台として、田園を取り上げたのも、英国人のもつその憧憬を描きたかったからであろう。『鏡は横にひび割れて』で自分の住むセント・メアリ・ミード村の変貌に驚いたミス・マープルが、かつての植民地である西インド諸島（『カリブ海の秘密』）、ロンドンの伝統的ホテル（『バートラム・ホテルにて』）といった大英帝国華やかなりし頃を思い起こさせる地を訪れ、最後に国内の古い屋敷と庭園を巡る観光ツアーに参加する（『復讐の女神』）といったように、シリーズを連作化していったのも、田園が英国人の最後に帰るべき地だという思いがあったからに違いない。その旅は、まさに二〇世紀の英国とは何であったかを問う、自己発見のための彷徨そのものだ。

「観光」と「田園」をかみ合わせ、しかも背景に大英帝国の繁栄と変貌を置いたアガサ・クリスティー論――それはミステリ批評として野心がありすぎ、大風呂敷になってしまいそうだ。また、わたしのミステリの知識は個人的愛読者の素人レベルにとどまっているため、初歩的ミスも犯しかねない。にも拘らず、そうした不備については、読者諸兄のご寛恕を賜り、読んでいただければ幸せである。

この本は、昨年までわたしが勤務した首都大学東京の自然・文化ツーリズム・コースにおける、最終講義をもととしている。我ながらずいぶんと思い付きで、名誉ある機会を汚したことになるが、それを快く許し、さまざまなご指導とアドバイスを賜った同僚諸兄、力づけてくれた卒業生、学生諸君に、この場を借りて御礼申し上げたい。また、わたしはかつて長野の大学に勤務した経験から、信州人の真摯さ、そしてあたかもそれを体現したかのような筑摩書房の発足以来の出版活動に敬服してきた。わたしにとって久方ぶりとなる記念深き本

を、その筑摩書房から出せたこと、そして拙い最終講義用草稿に目をとめていただいたこと
に関して、同社および編集の山本充氏に深く感謝する次第である。

著者

二〇一七年五月

東秀紀（あずま・ひでき）

一九五一（昭和二六）年、和歌山県生まれ（生育地・東京）。作家、都市計画史・観光史家。NKK都市開発研究所長、清泉女学院大学教授を経て、首都大学東京教授を二〇一六年に退職。早稲田大学理工学部建築学科卒業。ロンドン大学大学院建築・計画学部都市計画専攻修了（M.Phil）。第一九回歴史文学賞、二〇〇一年日本建築学会文化賞受賞。主著『漱石の倫敦、ハワードのロンドン』『ヒトラーの建築家』『東京駅の建築家：辰野金吾伝』ほか。

筑摩選書 0144

アガサ・クリスティーの大英帝国《だいえいていこく》 ——名作《めいさく》ミステリと「観光《かんこう》」の時代《じだい》

二〇一七年五月一五日　初版第一刷発行
二〇一七年十月一〇日　初版第二刷発行

著　者　東秀紀《あずまひでき》

発行者　山野浩一

発行所　株式会社筑摩書房
東京都台東区蔵前二-五-三　郵便番号　一一一-八七五五
振替　〇〇一六〇-八-四一二三

装幀者　神田昇和

印刷 製本　中央精版印刷株式会社

乱丁・落丁本の場合は左記宛にご送付ください。

送料小社負担でお取り替えいたします。

ご注文、お問い合わせも左記へお願いいたします。

筑摩書房サービスセンター
さいたま市北区櫛引町二-六〇四　〒三三一-八五〇七　電話　〇四八-六五一-〇〇五三

 ISBN978-4-480-01652-2 C0398

筑摩選書 0117

戦後思想の「巨人」たち

「未来の他者」はどこにいるか

高澤秀次

「戦争と革命」という二〇世紀的な主題は「テロリズムとグローバリズムへの対抗運動」として再帰しつつある。「未来の他者」をキーワードに継続と変化を再考する。

筑摩選書 0118

〈日本的なもの〉とは何か

ジャポニスムからクール・ジャパンへ

柴崎信三

様々な作品を通して19世紀末のジャポニスムから近年のクール・ジャパンまでを辿りながら、古くて新しい問いである「日本的なもの」の生成と展開、変容を考える。

筑摩選書 0124

メソポタミアとインダスのあいだ

知られざる海洋の古代文明

後藤　健

メソポタミアとインダス両文明は農耕で栄えた。だが両文明誕生の陰には、知られざる海洋文明の存在があった。物流と技術力で繁栄した「交易文明」の正体に迫る。

筑摩選書 0127

分断社会を終わらせる

「だれもが受益者」という財政戦略

井手英策　古市将人
宮崎雅人

所得・世代・性別・地域間の対立が激化し、分断化が進む現代日本。なぜか？　どうすればいいのか？　「救済」から「必要」へと政治理念の変革を訴える希望の書。

筑摩選書 0130

これからのマルクス経済学入門

松尾　匡
橋本貴彦

マルクスは資本主義経済をどう捉えていたのか？　マルクス経済学の基礎的概念を検討し、「投下労働価値」がその可能性の中心にあることを明確にした画期的な書！

筑摩選書 0133

憲法9条とわれらが日本

未来世代へ手渡す

大澤真幸

憲法九条を徹底して考え、戦後日本を鋭く問う。社会学者の編著者が、強靭な思索者たる井上達夫、加藤典洋、中島岳志の諸氏とともに、「これから」を提言する！